Ein Mann weint nicht

Gabriella Baumann-von Arx

Ein Mann weint nicht

Die Geschichte des Junior B. Manizao

Fotos:
Umschlag vorne, Umschlag hinten, Umschlagklappe vorne und Seite 90–93:
Emmanuelle FREGET, Montpellier, www.point2vue.net
Seite 95–112: Ronny Spitzli, www.lautundspitz.ch
Seite 81–88: Familienfotos

Alle Rechte vorbehalten, einschliesslich derjenigen des auszugsweisen Abdrucks und der elektronischen Wiedergabe.

© 2006 Wörterseh Verlag, Gockhausen

Lektorat: Claudia Bislin, Zürich
Korrektorat: Andrea Leuthold, Zürich
Umschlaggestaltung: Thomas Jarzina, Köln
Karte, Gestaltung und Herstellung: Sonja Schenk, Zürich

ISBN-10: 3-033-00851-8
ISBN-13: 978-3-033-00851-9
www.woerterseh.ch

«Ich habe die Hoffnung, dass wir eines Tages wirklich begreifen, dass Hass tötet. Es ist die Liebe, die uns Leben schenkt.»

Junior B. Manizao

Inhalt

9   Vorwort

17 Ein Mann weint nicht

40 Ma Suisse
42 Meine Schweiz

53 Le Passage
56 Die Durchreise

68 La clef autour du cou
70 Schlüsselkind

120 Prise de conscience
123 Erkenntnis

136 Mon Etoile filante
139 Meine Sternschnuppe

152 C'est fini
155 Es ist vorbei

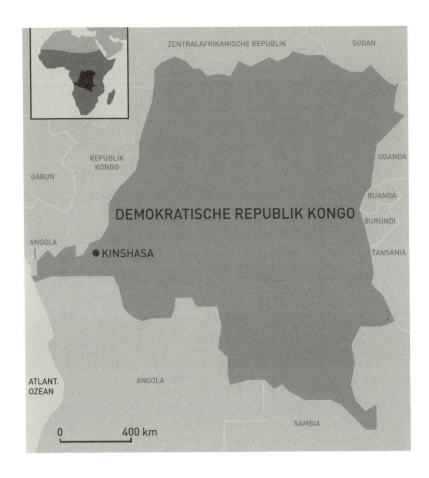

Der Teil des afrikanischen Kontinents, der sich südlich der Sahara befindet, wird als Schwarzafrika oder Subsahara-Afrika bezeichnet.
Die Demokratische Republik Kongo ist mit ihren 2 345 410 km² der drittgrösste Staat Afrikas.

Vorwort,
das auch als Nachwort gelesen werden kann

Junior B. Manizao wurde in eine Zeit hineingeboren, in der Machtmissbrauch und Diktatur herrschten. Er kam in der heutigen Demokratischen Republik Kongo – dem einstigen Belgisch-Kongo, das zwischen 1971 und 1997 Republik Zaire hiess – zur Welt. Immenser Reichtum und enormer Überfluss ganz oben, Arbeitslosigkeit, Hunger und Elend ganz unten. Dazwischen nichts. Und das in einem Land, das über gewaltige Ressourcen verfügt. Die Geschichte des Kongo ist eine, wie sie nur Schwarzafrika schreiben kann: Im Gebiet des Kongobeckens bestanden mehrere Königreiche, als im Jahr 1482 eine portugiesische Expedition eintraf und es zum ersten Kontakt mit Europäern kam. Die Portugiesen trieben zu jener Zeit bereits regen Handel mit verschiedenen Gütern aus Afrika und verschleppten auch Sklaven.

Vom Anfang des 16. Jahrhunderts bis zur sukzessiven Abschaffung der Sklaverei, Mitte des 19. Jahrhunderts, wurden zwischen dreizehn und zwanzig Millionen Menschen aus ganz Afrika als Sklaven verschifft. Davon rund fünf Millionen von der Küste Kongos und Angolas aus. Ein ungeheurer Aderlass, der grosse Teile der Region sozial und wirtschaftlich verwüstete. Ab 1889 wurde der Kongo von

Belgien sukzessive kolonialisiert. Die Kolonialmacht begann mit dem Kupferabbau und machte ganze Dörfer dem Erdboden gleich, um Plantagen für die Kautschukgewinnung anzulegen. Elfenbein wurde in grossen Mengen nach Europa verschifft und für die Bevölkerung Zwangsarbeit verordnet. Diese schaffte man 1910 zwar offiziell ab, die Unterdrückung der schwarzen Menschen blieb aber trotzdem bestehen. Zwischen 1880 und 1920 halbierte sich die Bevölkerung Kongos von zwanzig Millionen Einwohnern auf zehn Millionen. Koloniale Gewaltverbrechen, Hunger, Entkräftung durch Überarbeitung und das Unterlassen medizinischer Hilfeleistung – es war billiger, die Arbeiter sterben zu lassen, als sie zu einem Arzt zu bringen – forderten ihren Tribut, und dies vor allem bei denen, die sowieso schon nichts hatten.

Gleichzeitig mauserte sich Belgien durch die Ausbeutung der kongolesischen Reichtümer aus Agrarwirtschaft und Bergbau (Kautschuk, Palmöl, Kaffee, Kupfer, Blei, Zink und Diamanten) zum Industriestaat, wurde reicher und reicher.

In den Fünfzigerjahren begann sich im Kongo der Widerstand gegen die Kolonialmacht zu organisieren. Nach jahrelangem Kampf erlangte Belgisch-Kongo am 30. Juni 1960 seine Unabhängigkeit. Die Belgier behielten zwar die militärische Führung und die Kontrolle über die kongolesische Zentralbank, zogen sich ansonsten aber überraschend schnell, um nicht zu sagen übereilt, zurück. Dies aus reiner Berechnung: Belgien hoffte, dass das Land ohne seine politische Führung blitzartig im Chaos enden und die ehemalige Kolonialmacht um Hilfe anflehen würde. Eine durchaus berechtigte Hoffnung, denn es war den Kongolesen 1960 fast unmöglich, die abgezogenen belgischen Beamten zu ersetzen. Wie denn auch? Gerade fünfzehn Kongolesen besassen damals einen Universitätsabschluss, und unter den 4500 höchsten Beamten des Staates befanden sich nur drei (!) Afrikaner. Ausserdem waren die Kongolesen kaum im Besitz von Kapital. Ende der Fünfzigerjahre verdienten die Einheimischen, die gut 99 Prozent der Bevölkerung ausmachten, nur gerade 55 Prozent der gesamten Lohnsumme des Landes.

Erster Ministerpräsident des unabhängigen Kongos wurde Patrice Lumumba. Er trat als entschiedener Verfechter der afrikanischen Freiheit und Würde hervor und widersprach dem belgischen König Baudouin dem Ersten, der am Fest zur Unabhängigkeit die «Errungenschaften» und «zivilisatorischen Verdienste» der Kolonialherrschaft belobigte, in einer flammenden Rede aufs Heftigste. «Wir haben», stellte er klar, «in den vergangenen achtzig Jahren kolonialer Unterdrückung Missachtung und Ausbeutung erfahren, zermürbende Arbeit kennen gelernt und diese für einen Lohn erbringen müssen, der es uns nicht gestattete, den Hunger zu vertreiben, uns zu kleiden, in anständigen Verhältnissen zu wohnen oder unsere Kinder als geliebte Wesen grosszuziehen.» Weiter meinte er: «Wir kennen Spott, Beleidigungen, Schläge, die morgens, mittags und nachts unablässig ausgeteilt wurden, weil wir Neger sind.» Am Ende seiner Rede versprach er: «Wir werden die Massaker nicht vergessen, in denen so viele umgekommen sind, und ebenso wenig die Zellen, in die jene geworfen wurden, die sich einem Regime der Unterdrückung und Ausbeutung nicht unterwerfen wollten.» Lumumba forderte ökonomische Unabhängigkeit, soziale Gerechtigkeit und politische Selbstbestimmung.

Patrice Lumumba wurde von Belgien und den USA bald schon als Kommunist verschrien, der das Land dem Einflussbereich der Sowjetunion zuführen wolle. In der Zeit des Kalten Krieges ein harter Vorwurf, der dazu führte, dass Lumumba und sein Staatschef Joseph Kasavubu die von der Uno angeforderte Hilfe, das belgische Militär zu entmachten, nicht bekamen. Im Gegenteil! Auf Veranlassung der USA begann die Uno sogleich mit der Entwaffnung der kongolesischen Armee und erhob das UN-Oberkommando und die US-Botschaft zum eigentlichen Machtzentrum im Lande.

In dieser Situation verbündeten sich Kasavubu und Oberst Joseph-Désiré Mobutu – mit Hilfe Belgiens und Amerikas – gegen Lumumba. Im September 1960 übernahm die Armee unter Mobutu in einem mit den USA abgesprochenen Putsch die Macht. Kasavubu blieb offizielles Staatsoberhaupt, Patrice Lumumba wurde unter Hausarrest gestellt. Gute zwei Monate später gelang ihm die Flucht, er wurde kurz darauf aber festgenommen und am 17. Januar 1961 – mit Hilfe der CIA – aufs Grässlichste gefoltert und schliesslich getötet. Wie sehr die damaligen Machthaber und die ehemalige Kolonialmacht Belgien, die am Tod von Lumumba mitbeteiligt war, ihn auch nach seinem Tod noch fürchteten, zeigt die Tatsache, dass seinen Folterern befohlen wurde, jede physische Spur seiner Existenz auszulöschen. Sein Leichnam wurde zerstückelt, dann verbrannt und die Überreste schliesslich in Säure aufgelöst, um zu gewährleisten, dass seine Anhänger ihm keine Grabstätte errichten konnten. Der französische Philosoph Jean-Paul Sartre meinte: «Seitdem Patrice Lumumba tot ist, hört er auf, eine Person zu sein. Er wird zu ganz Afrika.»

Schon einen Monat später, im Februar 1961, versuchte Mobutu erfolglos, sich an die Macht zu putschen, gut vier Jahre später, am 24. November 1965, gelang es ihm. Die Demokratie war beendet, und es begann eine mehr als drei Jahrzehnte während Diktatur, die sich als brutalste und korrupteste des nachkolonialen Afrikas erweisen sollte. Unterstützt, ja gar beschützt wurde Mobutu bis Ende der Achtzigerjahre von den USA und Frankreich, die daran interessiert waren, die immensen Bodenschätze, darunter auch Gold, Uran und Kobalt, für den Westen zu sichern.

1971 benannte Mobutu den Kongo kurzerhand in Republik Zaire um. Ein Jahr später verpasste er auch sich einen neuen Namen und nannte sich Sese Seko Nkuku wa za Banga. Grob übersetzt heisst das: «der allmächtige Krieger, der aufgrund seiner Ausdauer und seines Siegeswillens flammenden Schrittes von Sieg zu Sieg schreitet». Und er siegte tatsächlich. Sein Volk hingegen verlor. Mehr und mehr. Immer wieder versuchte es, sich gegen ihn aufzulehnen, hatte aber gegen das regimetreue Militär und die von Mobutu eingesetzten Söldnertruppen nicht den Hauch einer Chance. Die vollständige Kontrolle über die ausserordentlichen Rohstoffreichtümer des Landes, die Gelder für Entwicklungshilfe, die er in der Regel direkt auf eines seiner Konten verschwinden liess, und allerlei andere Verbrechen machten ihn zu einem sehr reichen Mann. 1984 verfügte der Despot, dessen Regierungsform auch als «Kleptokratie», als «Herrschaft der Plünderer», bezeichnet wurde, über ein Vermögen von schätzungsweise vier Milliarden Dollar. Investitionen in das eigene Land tätigte er keine. Die Produktivität der zairischen Wirtschaft sank kontinuierlich. Ende der Achtzigerjahre war der Staat wirtschaftlich vollständig heruntergekommen. Am Ende von Mobutus 32-jähriger Regentschaft waren achtzig Prozent des Volkes ohne Arbeit, siebzig Prozent waren Analphabeten, von 1000 Neugeborenen starben 230, und das Pro-Kopf-Einkommen war seit der Kolonialzeit sogar noch um 65 Prozent gesunken; staatliche Strukturen wie Gesundheitswesen und Schulen waren fast vollständig zusammengebrochen. Wie viele Menschen Mobutu in dieser Zeit auf bestialische Weise hinrichten liess, ist nirgends belegt. Was belegt ist, ist die Tatsache, dass die Welt dem Grauen sehr lange zugeschaut hat.

Erst am 16. Mai 1997 wurde der schwer kranke und international endlich doch noch isolierte Mobutu, dessen Markenzeichen ein Leoparden-Hütchen war, von der Rebellenarmee «Allianz der Demokratischen Kräfte für die Befreiung des Kongo», die ohne grossen Widerstand bis in die Hauptstadt Kinshasa vordringen konnte, gestürzt. Schon knappe vier Monate später starb er im marokkanischen Exil an Prostatakrebs. Dass Mobutu in der Schweiz nicht nur Geld auf «neutralen» Konten lagerte, sondern sich auch Freunde geschaffen hatte, zeigt der Umstand, dass er sich nach einer Prostataoperation mit Bewilligung der Schweizer Behörden am Genfersee erholen konnte.

Einen Tag nach Mobutus Sturz ernannte sich der Vorsitzende der Rebellenarmee Laurent-Désiré Kabila zum neuen Präsidenten der «Demokratischen Republik Kongo». Zaire verschwand von der Landkarte. Doch Kabila, der bei seinem Einzug in Kinshasa als Retter und Befreier gefeiert worden war, blockierte bald schon den Demokratisierungsprozess im Land, und es begann ein blutiger Bürgerkrieg mit einer unübersichtlichen Vielzahl von in- und ausländischen Kriegsparteien, dem bis Anfang 2006 mehr als drei Millionen Menschen zum Opfer fielen, darunter viele Frauen und Kinder. Einer Analyse der Uno zufolge wird im Kongo auch heute noch um den Zugang zu Bodenschätzen gekämpft. Mit dem Verkauf von Diamanten, Gold, aber auch Uran oder Tropenholz werden Waffen finanziert. Geschäftspartner sind dabei vor allem Firmen mit Sitz in den Industrieländern. Im Januar 2001 wurde Kabila von einem seiner Leibwächter ermordet, worauf sein Sohn Joseph die Präsidentschaft übernahm, was allerdings nicht die geringste Änderung herbeiführte. Am 30. Juli 2006 gab es die ersten freien Wahlen seit mehr als vierzig Jahren. Sie fanden unter der Aufsicht von 47 000 einheimischen und 1500 internationalen Beobachtern statt, ferner waren 80 000 kongolesische Sicherheitskräfte, mehr als 17 000 UN-Soldaten sowie 2000 Soldaten aus der EU, darunter fast 800 aus Deutschland, dafür besorgt, dass die Wahl möglichst friedlich verlaufen konnte.

Mehr als drei Wochen dauerte es, bis klar war, dass keiner der zahlreichen Kandidaten das absolute Mehr erreicht hatte und es zu einer Stichwahl zwischen dem von Europa favorisierten Joseph Kabila und seinem Rivalen, dem früheren Rebellenführer Jean-Pierre Bemba, kommen muss. Sie soll Ende Oktober 2006 stattfinden. Die Hoffnung, dass diese endlich Demokratie und Frieden bringen wird, ist dabei ebenso gross wie die Angst, dass der Kampf um die Macht danach erneut entbrennen und der Wiederaufbau des Landes noch lange auf sich warten lassen könnte.

Ein Mann weint nicht

Als Junior Batumana Manizao am Donnerstag, dem 5. Juni 1980, in Kinshasa bei einer Hausgeburt das Licht der Welt erblickte, standen vor dem Geburtszimmer «Waganga», afrikanische Heiler. Nicht, dass das traditionellerweise so üblich gewesen wäre, aber in diesem Fall war es notwendig, denn – doch halt, bevor die Geschichte Juniors erzählt werden kann, ist es wichtig, den Vornamen Junior zu erklären. Er ist in den frankophonen Ländern Schwarzafrikas häufig anzutreffen, wird «Schünior» ausgesprochen und meint nicht das Kind des Seniors, sondern ist ein eigenständiger Vorname. Seinen zweiten Vornamen Batumana erhielt Junior, weil sein Vater seinem besten Freund Batumana die Ehre erweisen wollte. Leider sollte sich später herausstellen, dass Batumana dieser Ehre nicht würdig war, denn er stahl Juniors Vater Geld. Nicht viel, aber immerhin. Juniors Vater war so erbost darüber, dass er den zweiten Vornamen seines Sohnes flugs streichen lassen wollte, doch das ging, weil die Familie damals schon in der Schweiz lebte und er Junior unter beiden Vornamen angemeldet hatte, nicht so einfach. Rückblickend gesehen, war dies ein kleiner Segen, denn Jahre später – als Junior Schweizer Bürger wurde – akzeptierten die helvetischen Behörden den Vornamen Junior nicht, und ohne den zweiten wäre er wohl namenlos gewesen. Aber davon später. Gehen wir zurück zum 5. Juni 1980 und den Waganga, deren Anwesenheit notwendig war, um die «Kondiki», die gefährlichen Kräfte, die in Schwarzafrika unter anderem für das Kindersterben verantwortlich gemacht werden, abzuwehren.

Junior war nämlich bereits das dritte Kind, das seine Mutter zur Welt brachte. Seine beiden älteren Schwestern Mireille und Blondine lebten damals nicht mehr. Beide waren nur knapp ein Jahr alt geworden. Woran die Mädchen gestorben waren, das weiss Junior nicht. Schuld wird wohl eine der vielen Krankheiten gewesen sein, die südlich der Sahara auch heute noch jedes sechste Kind vor Erreichen seines fünften Lebensjahres sterben lassen: Malaria, Typhus, Tuberkulose, Cholera. Unterernährung, auch eine häufige Todesursache, da ist sich Junior sicher, das war es nicht. Es ging seinen Eltern finanziell zwar nicht gut, aber zu essen hatten sie. Das dritte Kind sollte leben. Endlich. Deshalb begleiteten die Waganga die Schwangerschaft mit ihren Riten und Gebeten und überwachten schliesslich auch noch die Geburt. Sie leisteten gute Arbeit. Junior überstand die ersten zwölf Monate, seine Eltern atmeten auf.

Gilbert Tusevo Manizao und Astrid Biakunzu Kukanu hatten sich schon sehr jung kennen gelernt. Auf dem Schulweg. Astrid ging auf eine Mädchenschule und wurde später Sekretärin, Gilbert besuchte eine Knabenschule und wurde Professor für Mathematik. Zu heiraten war nicht einfach, denn die beiden kamen aus verschiedenen Stämmen und hätten – eigentlich – nie zusammenfinden dürfen. Der Stamm von Juniors Mutter war matriarchal geprägt, der seines Vaters patriarchal. So etwas konnte nicht gut gehen, das wussten alle. Astrid und Gilbert wollten das Gegenteil beweisen und aus Liebe heiraten. Nicht aus Zwang. Ein mutiger Schritt, denn sich über die Grenzen eines Stammes hinwegzusetzen, ist heute nicht einfach und war es damals erst recht nicht.

Aber in jener Zeit war sowieso nichts einfach. Joseph-Désiré Mobutu, das Staatsoberhaupt des damaligen Zaire, blutete sein Land derart aus, dass Millionen nur die Flucht als Ausweg sahen. Unter ihnen war auch Juniors Vater, der sich 1982 dazu entschloss, seine Heimat zu verlassen, um in einer fremden Welt neue Wurzeln zu schlagen, damit er Frau und Kind nachkommen lassen konnte. Auf welchem Weg Juniors Vater flüchtete, woher er das Geld für die Flucht hatte, ob er sogar politisch verfolgt war oder nicht, das weiss Junior nicht. Und er kann seine Eltern auch nicht mehr danach fragen. Astrid, seine Mutter, starb, als er neun Jahre alt war. Gilbert, sein Vater, als er zwölf war.

Die für ihn wichtigste afrikanische Verwandte in Europa ist eine Schwester seiner Mutter. Junior nennt sie Tante Berthe. Wenn er heute Fragen hat, dann hat sie die Antworten dazu. Auch sie ist damals geflüchtet, auch sie – wie sein Vater – nach Paris. Junior weiss, dass es Dinge gibt, auf die sie ihm gerne antwortet, und andere, die sie lieber totschweigt. Dazu gehört die Flucht. Als er sie einmal darauf ansprach, meinte sie: «Es war alles unglaublich schwierig und illegal, deshalb will ich nicht darüber reden. Eines aber sollst du wissen, wir gingen, weil wir keine Angst mehr haben wollten, uns nach Freiheit sehnten und – das Wichtigste – weil wir unseren Kindern eine glücklichere Zukunft garantieren wollten.» Ihr Mann, ein im Kongo recht erfolgreicher Profiboxer, durfte in Paris zwar kämpfen, hatte aber das Pech, an einen schlechten Agenten zu geraten. Sein Traum, seine Karriere in Frankreich fortzusetzen, hat sich nicht erfüllt. Es kam zur Scheidung. Juniors Tante brachte ihre vier Kinder alleine durch.

Junior weiss, dass sein Vater, als er in Paris angekommen war, bei seinem Bruder, der in Frankreich bereits Asyl erhalten hatte, unterkam. «Von dort aus bereitete er unsere Flucht vor.» Ein paar Monate später war es so weit. An die Flucht und daran, wie es für ihn war, plötzlich in einem fremden Land, unter Weissen zu sein, daran erinnert sich Junior genauso wenig wie an die Geburt seines Bruders Arnaud, der in Frankreich zur Welt kam. Und wenn er sagt: «Wären wir in Afrika geblieben, würde ich heute nicht mehr leben», hat das nichts mit Erinnerung zu tun, sondern mit dem, was seine Tante ihm erzählen mochte. «Kaum wart ihr angekommen, bat mich Astrid, dich zu einem Arzt zu bringen. Du hattest Bauchschmerzen, die dich schon im Kongo geplagt hatten, sporadisch abgeklungen und dann wiedergekommen und zum Teil so intensiv gewesen waren, dass du Nächte lang durchgeschrien hattest. Einen Arzt im Kongo, falls sie denn einen gefunden hätte, wäre für deine Mutter damals unerschwinglich gewesen.» Der in Paris konsultierte Arzt diagnostizierte eine akute Blinddarmentzündung und brachte den Dreijährigen gleich eigenhändig ins Krankenhaus, wo er unverzüglich operiert wurde. Die schützenden Hände der Waganga wirkten offensichtlich noch immer.

Ein Jahr lang versuchten seine Eltern in Frankreich Asyl zu bekommen. Sie erhielten es nicht. Wie gross die Enttäuschung für sie gewesen sein musste, kann Junior nur erahnen. «Viele unserer Verwandten, väterlicher- und mütterlicherseits, lebten bereits in Paris. Nicht bei ihnen bleiben zu dürfen, weiterreisen zu müssen, war sicher eine herbe Enttäuschung. Meinen Eltern wurde die französischsprachige Schweiz empfohlen.» Den Grund dafür, dass Frankreich die Asylvergabe restriktiver zu handhaben begann, erklärt sich Junior damit, dass der Flüchtlingsstrom aus dem gebeutelten Kongo wohl einfach zu gross geworden war.

Es muss Frankreich damals ähnlich gegangen sein, wie es Spanien heute ergeht, das von den Flüchtlingen, die von Schwarzafrika über Marokko in die spanischen Enklaven Ceuta und Melilla kommen, schlicht überfordert ist und sich in einer Art und Weise gegen diese Menschen zur Wehr setzt, die grenzenlos unmenschlich ist. Dass die Meldungen von in die Wüste zurückgeschickten Flüchtlingen, von Stacheldrahtbarrieren, Vergewaltigungen und Rückschaffungen die wenigsten Schwarzafrikaner davon abhalten, es trotzdem zu versuchen, ist dem traurigen Umstand zuzuschreiben, dass die Hoffnung zuletzt stirbt. Was anderes sollen die Menschen südlich der Sahara tun, als ihr Schicksal selbst in die Hand zu nehmen? Und dies in der festen Überzeugung, dass in Europa alles besser werden wird, weil dort alles besser ist! So schön und gut und wunderbar, dass es sich sogar lohnt, sein Leben dafür aufs Spiel zu setzen.

Junior weiss, wie sich ein Schwarzafrikaner Europa vorstellt. Als Paradies. «Viele meinen, wer nur genug tüchtig sei, dem flögen die gebratenen Tauben in den Mund, und wer Arbeit gefunden habe, könne das Geld gleich eigenhändig von den Bäumen pflücken. Erzähle ich meinen Verwandten im Kongo von Arbeitslosigkeit in der Schweiz, schauen sie mich gross an und glauben mir kein Wort.»

Junior weiss auch, dass einer, dem die Flucht gelungen ist, zu Hause nichts von der harten Wirklichkeit, die er in Europa antrifft, berichten wird. «Den Verwandten, die seine Flucht mit ihrem letzten Geld unterstützt haben, erzählen, dass er nicht erfolgreich war? Sie alle warten jetzt doch nur darauf, dass er einen Teil der Unsummen, die er bestimmt verdienen wird, nach Afrika schickt, damit sie es ein bisschen besser haben. Bevor einer mit leeren Händen zurückkommt, lebt er lieber in der Illegalität, denn keine Arbeit gefunden zu haben und den zu Hause Gebliebenen keine Unterstützung zukommen lassen zu können, kommt einem Gesichtsverlust gleich, den wir uns nicht vorstellen können.»

Dreimal schon hat Junior den Kongo besucht, hat dabei versucht, den dort lebenden Verwandten klarzumachen, dass auch Europa Probleme hat. «Aber, seien wir ehrlich, wir klagen auf einem sehr hohen Niveau; die Probleme Europas ringen den Afrikanern höchstens ein mitleidiges Lächeln ab. Dass die Weissen, wenn sie denn Probleme haben, diese sofort in den Griff bekommen, ist für viele Afrikaner keine Frage, sondern eine Selbstverständlichkeit. Sie fühlen sich Weissen gegenüber leider oft minderwertig und fragen mich, woher ich die Gewissheit nähme, Schwarze und Weisse seien ebenbürtig. Sie erklären mir, dass es Weisse waren, die diese Maschinen erfunden hätten, die fliegen können – und ich predige dann tagelang dasselbe: Schwarze sind ebenso intelligent wie Weisse, und versichere ihnen, dass eine Zeit kommen wird, in welcher die Hautfarbe keine Rolle mehr spielt, sondern der Leistungsausweis zählt.» Schwarzafrika, erklärt Junior, brauche jedoch Zeit, um sich zu entwickeln. Und vor allem müsse damit aufgehört werden, all die Bodenschätze und Agrarprodukte, die Afrika habe, roh und billig ins Ausland zu verkaufen, um sie dann, in verarbeiteter Form, für teures Geld wieder zurückzukaufen.

Laut der deutschen Welthungerhilfe erzielen Entwicklungsländer bis zu neunzig Prozent ihrer Exporteinnahmen durch den Verkauf von unverarbeiteten Rohstoffen, deren Weltmarktpreise im Sinken sind. Nach neuesten Schätzungen der Weltbank sind die realen Preise für landwirtschaftliche Rohstoffe wie Baumwolle, Kaffee oder Kakao auf rund vierzig Prozent und die von Metall und Erz auf etwa die Hälfte der Erlöse von 1960 gefallen. Im Gegenzug wurden die importierten Produkte wie beispielsweise Autos und Fernseher sehr viel teurer. Eine Alternative wäre, die Rohstoffe im eigenen Land zu verarbeiten und die wertvollen Fertigwaren zu exportieren. Doch das scheitert zum einen an den nicht geschaffenen Infrastrukturen und zum anderen an den Industrieländern, die ihre Zoll- und Handelsschranken für Waren aus Entwicklungsländern nur schleppend abbauen. Viel langsamer auf jeden Fall, als umgekehrt die Länder des Südens ihre Märkte für Importe aus den reichen Ländern geöffnet haben.

Junior weiss: «Von der zunehmenden Globalisierung und Liberalisierung des Weltmarktes profitieren – auf Kosten der Entwicklungsländer – in erster Linie die Industrieländer.»

Wenn Junior so spricht, wird er nicht laut, klingt auch nicht gehässig, nur – für seine jungen Jahre – sehr abgeklärt. Sein grösster Wunsch ist es, im Kongo eine Schule zu eröffnen und diese nach seinen Eltern zu benennen. «Viele Kongolesen schaffen es nicht, die sechzig Schweizer Franken, die ein Semester für ein Kind kostet, aufzubringen, also muss es Schulen geben, die gratis sind. Am schönsten wäre es natürlich, wenn die Regierungen damit aufhören würden, militärisch aufzurüsten, und das dadurch gesparte Geld in die Zukunft ihrer Kinder und damit in die der Welt investieren würden. Ein naiver Traum, ich weiss, aber umso wichtiger ist es, dass jeder Einzelne aktiv wird. Bildung ist ein wesentlicher Faktor für die Zukunftschancen eines Kindes und gleichzeitig eine unerlässliche Voraussetzung für die Entwicklung des gesamten Landes. So gilt es zum Beispiel als erwiesen, dass besser ausgebildete Frauen später heiraten und weniger und gesündere Kinder bekommen. Statistisch betrachtet, senkt ein zusätzliches Schuljahr die Kinderzahl sogar um bis zu zehn Prozent.» Junior ist sich sicher: «Das grösste Problem Schwarzafrikas liegt darin, dass versucht wurde, Afrika europäische Vorstellungen und Prinzipien aufzuzwingen. Auffassungen, die leider nie die Schulbildung einschlossen, sondern Grundsätze, die westlichen Ländern Profit versprachen und – in Afrika nie und nimmer greifen konnten. Afrika hat eine völlig andere Kultur, eine total andere Tradition! Vom Klima gar nicht zu reden. Jahrelang ist diesem Teil der Welt befohlen worden, was zu tun und was zu lassen sei, wurde versucht, die weisse Sichtweise in die schwarze Welt einzupflanzen. Das ging nicht und das wird nie gehen. Afrika ist anders. Jahrzehntelang wurde dieses ‹anders sein› mit ‹falsch sein› gleichgesetzt. Jetzt müssen nicht nur die Weissen, sondern auch die Schwarzen lernen, dass dies nicht so ist. Die alte Generation hat – unter der Kolonialisierung – gelernt, sich zu unterwerfen. Nun braucht es Zeit, bis die neue Generation ernsthaft lernt, dass sie auf ihre Kultur und ihre Fähigkeiten bauen und vertrauen kann. Malcolm X hat gesagt: ‹Das schwarze Volk will das Recht haben, Recht zu haben, und vor allen Dingen will es das Recht haben, Unrecht zu haben.›»

Malcolm X, der mit bürgerlichem Namen Malcolm Little hiess, war sechs, als sein Vater, ein Laienprediger, der sich für die Rechte der Schwarzen einsetzte, nach einer Drohung des Ku-Klux-Klans ermordet wurde. Und er war vierzehn, als seine Mutter, die acht Kinder alleine durchbringen musste, in eine psychiatrische Klinik und er in ein Heim für Jugendliche eingewiesen wurde. Als er nach seinem Highschool-Abschluss – er wollte Anwalt werden – erkannte, dass er als Schwarzer nicht die gleichen Möglichkeiten wie seine weissen

Mitschüler hatte, schlug er sich mit Gelegenheitsjobs durch. Schon bald kam er mit kriminellen Kreisen in Kontakt und wurde 1946, er war damals 21 Jahre alt, wegen Einbruchs verhaftet und zu zehn Jahren Gefängnis verurteilt. Dort kam er in Kontakt mit der Nation of Islam, einer radikalen muslimischen Organisation, auch bekannt unter dem Namen Black Muslims, die nur Schwarze aufnahm. Er begann haufenweise Bücher zu lesen und eignete sich während seiner Haft ein enormes Wissen an. Als er – 1952 – vorzeitig entlassen wurde, sah die Situation der Schwarzen in Amerika so aus: Sie hatten eine doppelt so hohe Arbeitslosigkeit wie die Weissen, ihr Jahreseinkommen war etwa vierzig Prozent niedriger und die Kindersterblichkeit um über 75 Prozent höher als die der weissen Bevölkerung. Die Analphabetenrate betrug bei den Schwarzen zehn Prozent, die der Weissen lag bei knappen zwei Prozent. Malcolm X prangerte diese Zustände an und wurde zum furchtlosen Kämpfer gegen den Rassismus im Amerika der Fünfziger- und Sechzigerjahre. Aufgrund seiner rhetorischen Fähigkeiten war er bald ein viel gefragter Redner. 1963 wandte er sich von der Nation of Islam ab, deren Ideale ihm zu radikal geworden waren, und zwei Jahre später, drei Monate vor seinem vierzigsten Geburtstag, wurde er in New York während einer Rede durch sechzehn Schüsse, die aus zwei verschiedenen Waffen abgefeuert worden waren, getötet.

Der amerikanische Kultregisseur Spike Lee verfilmte seine Biografie unter dem Titel «Malcolm X» – der Film kam 1992 in die Kinos. Die Hauptrolle besetzte er mit Denzel Washington, dessen herausragende Charakterisierung des Bürgerrechtlers ihm eine Oscar-Nominierung einbrachte. Dass der Film über drei Stunden dauert, sagt schon viel über das bewegte Leben des Malcolm X aus, der für die einen ein fanatischer Hitzkopf und Rassist mit umgekehrten Vorzeichen und für die anderen der Mann war, der den Schwarzen ihren Stolz zurückgeben konnte. Drei Jahre vor seiner Ermordung sagte er: «Wenn du nicht bereit bist, dafür zu sterben, dann streiche das Wort ‹Freiheit› aus deinem Vokabular.»

Junior hat den Film von Spike Lee zweimal gesehen, er ist von der Intelligenz Malcolm X' und dessen Mut fasziniert. «Er hat öffentlich zugegeben, dass er Fehler gemacht und in vielen Dingen Unrecht gehabt hat; er hat seine Überzeugung geändert, was ihn das Leben kostete. Es waren die Black Muslims, die ihn ermorden liessen – seine Mörder waren schwarz.»

Seit 1999 ist Junior auch auf dem Papier Schweizer: «Obwohl mir die Schweiz viel näher ist als der Kongo, ist Afrika ein Teil von mir. Genauso wie die Farbe meiner Haut. Ich bin ein Immigrantenkind und stolz auf meine Herkunft. Ich werde versuchen, meinen Kindern, wenn ich denn mal welche haben sollte, diesen Stolz weiterzugeben. Sie sollen sich definieren können, und dazu gehört, dass sie wissen, wer ihre Grosseltern waren und woher diese gekommen sind.»

Auf die Frage, was Afrika für ihn bedeute und was die Schweiz, meint er: «Afrika ist mein Vater, aber die Schweiz ist meine Mutter. Sie hat mich aufgezogen, sie hat mich in die Arme genommen, als ich traurig war. Ich respektiere meine Eltern, die leiblichen genauso wie meine Pflegeeltern, und ich hege diesen Respekt auch für meine beiden Länder. Ich war vier, als ich mit meiner afrikanischen Familie in die Schweiz kam, und zwölf, als ich bei meiner Schweizer Pflegefamilie ein neues Zuhause fand. In mir sind beide Kulturen vermischt. Ich empfinde keine Schande, in Afrika zu sagen, ich komme aus der Schweiz. Ich empfinde keine Schande, in der Schweiz zu sagen, ich komme ursprünglich aus Afrika. Ich bin ein Gemisch, und darauf bin ich stolz.»

So stolz, dass er nicht Nein sagte, als er angefragt wurde, ob er sich für die Mister-Schweiz-Wahl 2006 anmelden wolle. Und das kam so: Urs Brülisauer, der Chef der Mister-Schweiz-Organisation, wurde von seinem Mitarbeiter Samuel Meuwly, der in der französischen Schweiz nach eventuellen Kandidaten Ausschau hält, darauf aufmerksam gemacht, dass bei der Mister-Romandie-Wahl ein Schwarzer teilgenommen habe. Er heisse Junior, habe den dritten Rang belegt, sei nicht nur attraktiv, sondern verfüge auch über ein enormes Charisma und könne sich erst noch gut artikulieren. Von Beruf sei er Primarlehrer. Samuel Meuwly fragte: «Urs, was meinst du? Soll ich ihm empfehlen, sich für die nationale Wahl anzumelden?» Urs Brülisauer hatte eine schnelle, klare Meinung: «Logisch!» Also wurde Junior angefragt. Junior war sich bewusst, dass er, wenn er Ja sagen und dann vielleicht sogar in die Endausscheidung kommen würde, nicht nur mit positiven Reaktionen rechnen durfte. Seine Spontanität und die Freude darüber, angefragt worden zu sein, siegten aber schnell über seine Bedenken – er stellte seine Bewerbung zusammen.

Und als diese dann auf Brülisauers Tisch lag, lief in dessen Kopf ein Film ab. «Was bedeutet es für uns als Veranstalter, was für die Schweiz», fragte er sich, «wenn wir einen Schwarzen nominieren? Was wird passieren?» Drei, vielleicht auch fünf Sekunden dauerte dieses Zögern, dann stand für ihn fest, dass die Frage nach der Hautfarbe genauso wenig von Bedeutung ist wie die nach den sexuellen Neigungen eines Bewerbers.

Die Vorausscheidung ging an einem grossen Tisch vor sich, an dem zwei Männer und zwei Frauen die 416 eingegangenen Bewerbungen in zwei Kategorien einteilten. Links kamen die hin, die sich vorstellen durften, rechts die, denen abgesagt werden musste. Entschieden wurde – so wie in früheren Jahren – aufgrund der beigelegten Fotos und des Lebenslaufs. Die allererste Wahl eines Mister Schweiz ging 1994 über die Bühne, fünf Jahre später wurde sie in lokalen Fernsehstationen übertragen und im Jahr 2005 erstmals im Schweizer Fernsehen. Brülisauer: «Das war ein Riesenschritt für uns und wohl mit ein Grund, dass Renzo Blumenthal, der die Wahl damals gewonnen hatte, so prominent wurde wie keiner vor ihm. Die grösste Schwierigkeit bei der Sichtung der eingegangenen Bewerbungen ist die, keinen auszusortieren, der ein Mister Schweiz werden könnte. Das Credo lautete immer schon: Lieber einen zu viel ans Casting aufbieten als einen zu wenig.»

Eingeladen wurden sechzig Bewerber. Junior in erster Linie wegen seiner perfekt ausgeleuchteten und professionellen Fotos, die er beigelegt hatte. Geholfen hat wohl auch der einwandfrei formulierte Lebenslauf. Aber die Bilder, die waren entscheidend. Urs Brülisauer gibt zu, dass die erste Auswahl vor allem auf Äusserlichkeiten beruhe, denn – «seien wir ehrlich, letztlich geht es, wenn auch nicht ausschliesslich, so doch hauptsächlich um Aussehen, einen gut gebauten Körper und darum, wie fotogen ein Kandidat ist».

Rückblickend, ist Brülisauer überzeugt, sei die Entscheidung, Junior aufzustellen, goldrichtig gewesen. Eine Entscheidung, schmunzelt er, die nicht ganz uneigennützig gewesen sei: «Wir konnten mit der Nominierung Juniors die Offenheit unserer Organisation bekunden, ferner hat das rege Interesse der Medien an Junior uns sicher auch dazu verholfen, dass das Schweizer Fernsehen am Abend der Wahl eine so hohe Einschaltquote verzeichnen konnte. Der Hauptgrund aber, warum es perfekt war, ihn zum Casting einzuladen und dann unter die sechzehn Finalisten zu wählen, war der, dass er ein toller Typ ist. Junior hat Charme, Witz, Intelligenz, eine hohe Sozialkompetenz, eine gute Ausstrahlung – es wäre eine Frechheit gewesen, ihn seiner Hautfarbe wegen nicht zu nominieren.»

Das Casting, eine Art Vorausscheidung, geht so vor sich: Zuerst gibt es ein etwa zehnminütiges Gespräch, bei welchem der Bewerber Red und Antwort stehen muss. Dabei interessiert, ob er vorbestraft ist, was für eine Weltanschauung er hat, wie er sich selber sieht, wie er sich auszudrücken weiss und – last but not least – ob er überhaupt Zeit hat für ein Amtsjahr. Danach wird darauf geachtet, wie er sich bewegt – einmal bekleidet, einmal in Badehose – und ob er körperlich fit ist. Die acht Mitglieder dieser Vorjury werden jedes Jahr neu ausgewählt, sie sind unterschiedlich alt und werden von Urs Brülisauer aus Journalisten, Fotografen, Verlegern und Sponsoren rekrutiert. Immer mit von der Partie sind er selbst und die Choreografin Grazia Covre.

«Ich habe Grazia vor neun Jahren entdeckt, als sie einen Showblock mit dreizehn Tänzern des Spoerli-Balletts für uns choreografierte, und habe sie sogleich an Bord geholt. Sie ist für uns ein absoluter Glücksfall. Grazias Gefühl für Menschen, ihre feste Überzeugung, dass in jedem Menschen eine künstlerische Begabung steckt, und die Unermüdlichkeit, mit der sie diese hervorzulocken weiss, ist einmalig. Ihr unglaubliches Temperament ist erfrischend und wohl ihren italienischen Wurzeln zuzuschreiben. Bevor sie sich der Choreografie verschrieb, trat sie in der halben Welt als Profitänzerin auf. Später arbeitete sie für das Schweizer Fernsehen. Neben ihrem immensen Know-how und ihrer sprudelnden Kreativität verfügt

Grazia über eine schier unendliche Geduld. Und die, das kann ich sagen, die braucht sie.» Brülisauer lacht und kommt dann wieder aufs Casting zu sprechen: «Bei Junior dauerte das Ganze etwas länger, es war mir wichtig, persönlich mit ihm zu sprechen, mir für ihn Zeit zu nehmen. Ich habe ihm auf den Zahn gefühlt, wollte ihm klarmachen, dass er mit negativen Reaktionen rechnen muss, mit Schmäh- oder gar Drohbriefen. Ich versuchte herauszufinden, ob er damit umgehen könnte. Es war mir wichtig, ihm zu sagen, dass es für mich sehr schwierig abzuschätzen war, wie das Publikum auf seine Hautfarbe reagieren würde. Dass die Reaktionen der Medien positiv sein würden, das ahnte ich. Unsere Medienlandschaft liegt politisch eher auf der linken Seite, aber wie es bei den zahlreichen Auftritten, die die Finalisten quer durch die Schweizer Discos absolvieren müssen, laufen würde, da war ich mir nicht so sicher. Und tatsächlich wurde Junior einmal von Rechtsextremen attackiert. Glücklicherweise nicht handgreiflich, sondern ‹nur› verbal. Verletzend war es auch so. Es geschah bei einem unserer Auftritte, im Sportzentrum Huttwil im Berner Mittelland, aber davon soll er besser selber erzählen.»

Junior machte Brülisauer klar, dass auch er mit Reaktionen rechne, aber glaube, damit umgehen zu können. Dann meinte er, dass er nicht in erster Linie an der Wahl teilnehme, um eine Lanze für die Schwarzen zu brechen, sondern weil er die Schweiz, seine Heimat, nach aussen hin gerne vertreten würde. Junior schaute Urs Brülisauer eindringlich an, als er festhielt: «Ich will ein Kandidat wie jeder andere sein. Keine Sonderstellung, bitte!»

Als die sechzehn Finalisten in der «Schweizer Illustrierten» vorgestellt wurden, erhielt dann allerdings nicht Junior böse Post, sondern der Veranstalter. Die Grundfrage in allen Mails und Briefen war dieselbe: «Was wollt ihr? Eine Mister-Schweiz-Wahl oder eine Mister-Afrika-Wahl?» Urs Brülisauer meint dazu: «Wenn mir jemand in einem netten Mail mitteilt, er könne es nicht verstehen, dass ein Schwarzer mitmachen dürfe, dann antworte ich angemessen. Auf primitive Wortmeldungen aber schreibe ich garantiert nicht zurück.» Bei Robert Ismajlovic, dem Mister Schweiz des Jahres 2003, der seine Wurzeln in Ex-Jugoslawien hat, kamen die Kommentare nicht bei seiner Nominierung, sondern nach der Wahl: «Ihr redet von Mister Schweiz? Mister Balkan wäre treffender!»

Das Medieninteresse an Junior war – wie erwartet – immens. Darüber habe sich Junior aber, erinnert sich Brülisauer, nicht nur gefreut, im Gegenteil. «Es war ihm unangenehm, und er fand, es sei seinen Mitkandidaten gegenüber unfair, dass um ihn so ein Tamtam gemacht werde.» Brülisauer und Junior entschieden daraufhin, die Hautfarbe noch ein einziges Mal gross zu thematisieren und die Journalisten danach zu bitten, ihre Aufmerksamkeit wieder auf alle sechzehn Finalisten zu verteilen, worauf der «SonntagsBlick» den ersten schwarzen Mister-Schweiz-Kandidaten gleich auf die Titelseite hievte. Urs Brülisauer: «Junior war es wichtig, dieses Vorhaben gegenüber seinen Mitbewerbern zu vertreten. Er stand vor alle hin und sagte, er habe zu seinem Foto auf der Frontseite des nächsten ‹SonntagsBlicks› nicht Nein gesagt, diese Aktion sei aber einmalig, danach werde er keinen Extrazug mehr fahren.»

Als er ihn damals habe reden hören, meint Brülisauer, sei ihm klar geworden, dass Junior wirklich grosse Chancen habe, ganz weit nach vorne zu kommen.

Damit die Jury am Abend der Wahl nicht nur aufgrund von Aussehen und Ausstrahlung der Männer entscheiden muss, führen die

Jurymitglieder vor der Fernsehübertragung mit jedem Einzelnen der sechzehn Finalisten ein Gespräch. Junior wurde dabei die Frage gestellt, warum er denke, ein geeigneter Mister Schweiz zu sein. Er gab ihnen zur Antwort: «Es gibt wohl geeignetere, aber wenn ich den Titel gewänne, dann würde ich die Offenheit der Schweiz perfekt repräsentieren. Und wenn ich ihn nicht gewinne, und damit rechne ich, dann konzentriere ich mich wieder auf meine Aufgabe als Lehrer und auf meine Musik, von der ich hoffe, früher oder später einmal leben zu können.» Die Jurymitglieder waren von seiner Klarheit, seiner Ausdrucksfähigkeit und seinem Charisma tief beeindruckt.

Weder die Jury noch Urs Brülisauer, noch seine Mitkandidaten wussten, warum Junior mit zwölf schon Vollwaise war, er thematisierte den frühen Tod seiner Eltern nie, wollte und will als Individuum wahrgenommen werden und nicht als traurige Lebensgeschichte.

Auf die Frage, wer einen perfekten Mister-Schweiz-Kandidaten abgebe, meint Urs Brülisauer: «Wichtig sind uns eine gewisse Bodenständigkeit, nein, Bodenständigkeit ist das falsche Wort, Verankerung ist besser. Ja, eine gewisse Verankerung im Leben. Dann ein guter Charakter und die Fähigkeit, sich integrieren zu können. Was wir suchen, ist, wenn ich es mal etwas pathetisch ausdrücken darf, gutes Aussehen, gepaart mit Charakter.»

Beim Casting sei es für ihn ganz wichtig, dem eigenen Gefühl trauen zu können, das ihm schnell sage, ob es mit einem Bewerber hinhaue oder nicht. «Ich hatte schon Männer, die rein von den Fotos her Topkandidaten gewesen wären, bei denen aber im Gespräch schnell klar wurde, dass sie nicht in Frage kommen. Ein Grund dafür kann sein, dass sie sich nicht artikulieren können, ein anderer, dass sie überheblich wirken und sich schon als zukünftigen Mister Schweiz sehen. Ich habe nicht die geringste Lust, jemanden von seinem selbst gebauten Podest herunterzuholen.»

Im Idealfall ergibt sich aus den schliesslich nominierten Finalisten eine gut funktionierende, homogene Gruppe, denn die sechzehn Männer sind oft sehr nahe zusammen. Dann zum Beispiel, wenn sie, wie im Frühjahr 2006, für volle zwei Wochen nach Thailand reisen. «Thailand», erinnert sich Junior, «klingt nach Ferien, es war allerdings eher ein angenehmes Ausbildungscamp. Unbestrittene Chefin war Grazia Covre, die Choreografin. Fast doppelt so alt wie viele von uns und – dreimal so fit. In Sachen Ausdauer und Beweglichkeit liess sie uns alle stehen. Morgens um halb sieben schon bat sie uns, nett, aber bestimmt, für ein ‹lockeres Footing› an den Strand, am Nachmittag bläute sie uns mit der Stoppuhr in der Hand ein, was es heisst, eine halbe Minute vor einer Kamera zu stehen. Und lehrte uns, dabei nicht auf die Linse, sondern durch die Kamera hindurchzublicken. Und gegen Abend übte die Seconda äusserst geduldig und auf Französisch, Italienisch und Deutsch die ersten Schritte für die Showeinlage mit uns ein. Und dies mit sechzehn Männern, die eigentlich lieber – seien wir ehrlich – mit einem Drink am Strand oder an der Bar gesessen wären. Doch Grazia schulte uns mit einem Charme, dem sich keiner entziehen konnte. Am Schluss übten wir nicht mehr für uns, sondern für sie. Wir wollten, dass ihre Choreografie am Wahlabend perfekt war und im Fernsehen professionell rüberkam.»

Die Monate zwischen Nominierung und Wahl sind nicht nur im «Ausbildungscamp» äusserst intensiv, der Terminkalender der sechzehn Finalisten ist auch schon gut zehn Wochen vor der Wahl übervoll. Vor allem derjenige derer, die sich in dieser Zeit nicht freinehmen können, sondern daneben noch zur Arbeit oder an die Uni müssen. Jedes Wochenende haben sie Promotionsauftritte in Discos, die sich über die ganze Schweiz verteilen. Daneben müssen Sponsoren besucht und immer wieder Proben in Kauf genommen werden. Über fehlende Freizeit klagt keiner, denn alle waren beim Casting gefragt worden, ob sie bereit seien, sich auf ein so dicht gedrängtes Programm einzulassen. Brülisauer: «Wir bieten eine Art Schnellbleiche auf verschiedenen Ebenen, die sich am besten veranschaulichen lässt, wenn man die ersten eingeübten Schritte der Choreografie mit dem fertigen Auftritt der sechzehn am Abend der Wahl vergleicht. Hinzu kommen all die vielen Erfahrungen mit den Journalisten, den Sponsoren und der Umstand, dass viele der Kandidaten sich zum ersten Mal im fernen Ausland bewegen und von ihren Mitbewerbern auch schon mal etwas ‹erzogen› werden. Zum Beispiel dann, wenn einer mit klitschnasser Badehose ins Restaurant eines Fünfsternhotels gehen will. Sie werden damit konfrontiert, pünktlich sein zu müssen, mit der Art und Weise ihres Auftretens, mit neuen Kontakten, mit der Dynamik einer Gruppe und damit, sich integrieren zu müssen. All das bringt sie – im Zeitraffer – einen grossen Schritt weiter.»

Anders als bei den Missen, die zwischen siebzehn und vierundzwanzig Jahre alt sein sollten, müssen Mister übrigens mindestens zwanzig und dürfen gerne auch schon über dreissig sein.

Das mag mit ein Grund dafür sein, dass es am Ende einer Mister-Wahl weniger Tränen gibt als am Schluss einer Miss-Wahl, bei der es allerdings oft so ist, dass die am meisten weint, die gewonnen hat.

Bei der Mister-Schweiz-Wahl 2006 standen am Schluss des Abends von den sechzehn Finalisten noch drei auf der Bühne: Junior Batumana Manizao, Miguel San Juan und Tobias Brunner. Damit die letzte Runde spannender wurde, durften die Juroren einen der dreizehn bereits Ausgeschiedenen nachnominieren. Sie wählten den Tessiner Christoph Bottoni. Danach hatte die Jury nichts mehr zu melden. Entscheiden konnten jetzt nur noch die Fernsehzuschauer, die zu Hause per Telefon wählten. Christoph Bottoni, der Kinderzahnarzt, landete auf Platz drei. Tobias Brunner, der IT-Abteilungsleiter, auf Platz zwei. Die beiden traten in den Hintergrund, und dann warens nur noch zwei, die – dicht nebeneinander – im Rampenlicht standen. Einer von beiden würde Erster werden – der andere Vierter.

Links stand Junior Batumana Manizao, der Primarlehrer. Rechts Miguel San Juan, der Wirtschaftsstudent. Schwarz der eine. Weiss der andere. Beide mit fremdländischem Namen. Links derjenige mit den kongolesischen Wurzeln, rechts der mit den spanischen. Junior seit seinem vierten Lebensjahr in der Schweiz zu Hause, Miguel seit seinem fünfzehnten.

Wer hätte gedacht, dass es in der Schweiz möglich wäre, einen schwarzen Mann bis ins grosse Finale der Mister-Schweiz-Wahl zu bringen? Nicht viele. Am allerwenigsten Junior selbst – der hatte gehofft, es unter die ersten acht zu schaffen. Und nun stand er neben seinem Freund Miguel, den er beim Casting kennen gelernt hatte und mit dem er – weil beide in der französischen Schweiz wohnen – in den letzten Wochen oft zusammen unterwegs gewesen war.

Die Spannung steigt, die Moderatorin öffnet das Couvert, als hätte sie alle Zeit der Welt – was nicht stimmt, das Fernsehen hat nie alle Zeit der Welt –, zieht ein Blatt Papier heraus, entfaltet es. So sorgfältig und langsam, als wäre es zerbrechlich wie Glück und Glas. Holt Luft, sagt: «Der neue Mister Schweiz heisst …» – dann lange nichts mehr – «… Miiiiguel Saaan Juuuuuan!» Junior gratuliert als Erster, herzlich und mit ehrlicher Freude. Es scheint, als könne er damit, dass die Wahl auf den Mitbewerber mit der hellen Haut und den grünen, wunderschönen Augen fällt, gut umgehen. Und Junior hat Recht, wenn er sagt: «Miguel ist eine gute Wahl. Er wird die Schweiz wunderbar repräsentieren.»

Auch Urs Brülisauer meint: «Miguel ist der perfekte Mister Schweiz. Ich weiss aber, dass, wäre es darum gegangen, den Mann mit der grössten Lebenserfahrung und einer Lebensphilosophie, die in ihrer Klarheit bestechend ist, auszuzeichnen, Junior ebenfalls eine sehr gute Wahl gewesen wäre.»

Doch wie hätten die Zuschauer vor den Fernsehern dies wissen können? – Sie konnten es nicht wissen. Die Juroren, die haben es im Gespräch mit ihm gespürt, dass da einer etwas zu sagen hat, und darum schaffte es Junior wohl auch spielend bis ganz nach vorn. Jurymitglied Robert Ismajlovic, Mister Schweiz 2003, umarmte Junior am Ende des Abends, wünschte ihm alles Gute. Er hatte schon während der Wahl eine aufmunternde Geste zu ihm hin gemacht. Junior dazu: «Ein Mitglied der Jury muss unparteiisch sein, und wahrscheinlich hätte Robert mir dieses Zeichen nicht geben dürfen, aber er drückte damit ohne Worte aus, dass er einst in einer ähnlichen Situation war wie ich. Zwar nicht schwarz, aber deutlich aus einem anderen Kulturkreis stammend.»

Nun, die Schweiz war im Jahr 2003 für einen fremdländischen Namen bereit, drei Jahre später ist sie es für einen schwarzen Teint offenbar noch nicht. Macht nichts, denn die Wahl hat bei Junior etwas bewegt, was er so nicht erwartet hatte. «Sagte ich beim Casting noch, ich wolle keine Lanze für die Schwarzen brechen, hatte das damit zu tun, dass ich mir das gar nicht zutraute. Die Reaktionen aber, die ich nach der Nominierung erhielt, waren zum Teil so grossartig, dass mir bald klar wurde, dass ich etwas ausgelöst hatte. Die afrikanische Gemeinde in Fribourg verfolgte die Wahl mit Spannung. Wildfremde schwarze Mütter nahmen mich auf der Strasse in den Arm und meinten, ich sei ihr Stolz. Bei einer Verwandten von mir, die in Lausanne lebt, riefen Menschen aus der ganzen Romandie an, um zu gratulieren. Auch Weisse reagierten positiv auf meine Kandidatur. Wie zum Beispiel der Verein für natürliche Geburten, dem meine Pflegemutter angehört. Am Abend der Wahl hatte dieser Verein eine Generalversammlung, die Traktanden wurden – zack, zack – in fünfzehn Minuten erledigt. Danach wurde der Fernseher eingeschaltet. Gut, vielleicht hoffte man ja auch, meine Pflegeeltern zu sehen, die mit Ruedi, meinem jüngsten Bruder, unter den Zuschauern sassen.» Junior lächelt beim Gedanken an die drei, die angereist waren, obwohl diese Glamourwelt so gar nicht die ihre ist. Eine schönere Liebesbezeugung hätten sie ihm nicht machen können.

«Zu Beginn meiner Kandidatur wollte ich die Offenheit der Schweiz repräsentieren, etwas später – das gebe ich zu – hatte ich den Gedanken, ich könnte meine Nominierung dazu nutzen, meine Musik bekannter zu machen, und dann löste ich etwas aus, wovon ich nicht zu träumen gewagt hätte. Es bereitet mir riesige Freude, zu sehen, dass meine Teilnahme den Menschen glückliche Momente gebracht hat. Das schönste Erlebnis war folgendes: Ein Vater spazierte mit seinem Kind an mir vorbei, ein paar Meter weiter realisierte er offensichtlich, wer ich bin, machte rechtsumkehrt, kam zu mir zurück und bedankte sich, dass ich es gewagt hatte, mich aus dem Fenster zu lehnen. Er sagte: ‹Que Dieu te bénisse!› Was so viel heisst wie: ‹Gott möge dich segnen!› Dann schaute er seinen etwa siebenjährigen Sohn an und sagte zu ihm: ‹Das ist Junior, sieh ihn dir genau an, so wirst auch du einmal werden, er ist unser Bruder!› Der Kleine machte grosse Augen, nickte und schien richtig glücklich zu sein, mich in natura gesehen zu haben. Diese Begegnung hat mich tief berührt.»

Es gebe Weisse, meint Junior, die es nicht verstehen könnten, dass ein Schwarzer bei einer Mister-Schweiz-Wahl teilnehmen darf. Es gebe aber auch Schwarze, denen es partout nicht in den Kopf wolle, warum ein Schwarzer an einer Mister-Schweiz-Wahl überhaupt teilnehmen will. «Es gab einige, die meinten, ich sei ein Verräter, und mich fragten, ob ich mir von der Wahl eine reingewaschene Hautfarbe erhoffe.» Er zieht den rechten Mundwinkel etwas nach oben, als er meint: «Ich habe viele Träume, aber den, weiss zu sein, den hatte ich noch nie.»

Junior hat Kollegen, die in Bezug auf Weisse ganz radikale Ansichten vertreten und sich beispielsweise nie vorstellen könnten, mit einer weissen Frau zusammen zu sein. «Sie sehen die Weissen als Feinde, die ihnen grundsätzlich Böses wollen. Sobald sich ein Weisser nähert, sagen sie: ‹Sei vorsichtig!› Dagegen wehre ich mich, ich will lieber wie ein Kind sein, meinem Instinkt vertrauen, spüren, ob mein Gegenüber einen guten Charakter hat oder nicht. Ich will niemanden abstempeln, nur weil er weiss, arm oder reich ist. Auf der anderen Seite gibt es dieses Phänomen auch bei Weissen, ich spüre es immer wieder – ‹Achtung, da kommt ein Schwarzer›. Ich versuche das zu ignorieren, was mir manchmal besser und manchmal schlechter gelingt. Ich hatte beide Kulturen, hatte schwarze Eltern und habe weisse Eltern. Gibt es etwas Oberflächlicheres, als einen Menschen aufgrund seiner Hautfarbe zu beurteilen? Eine Anekdote: Meine Exfreundin Florence, ich werde später noch von ihr erzählen, und ich machten Autostopp. Keiner hielt an, da sagte ich zu ihr: ‹Hey, es wird niemand anhalten, denn ich bin schwarz.› Sie drehte sich zu mir um, sah mich an und erwiderte erstaunt: ‹Das stimmt, du bist ja schwarz.› Damit wollte sie keinen Witz machen, sie war einen Moment lang tatsächlich überrascht, dass ich schwarz bin. Ich will damit sagen, meine Hautfarbe war für sie total normal geworden, so normal, dass sie sie gar nicht mehr wahrnahm. Sie sah nicht Schwarz, sondern mich! Das war mein grösster Wunsch an der Mister-Schweiz-Wahl, dass die Menschen Junior sehen und nicht einfach nur den ersten schwarzen Mister-Schweiz-Kandidaten.»

Das Leben des 26-jährigen Mannes ist eines voller Wunden. Wunden, die vernarbt sind, die aber alle noch immer schmerzen. Ein Schmerz, mit dem er umzugehen gelernt hat. Dass dies so ist, hat er seiner Fähigkeit zu verdanken, all das, worüber er nicht sprechen mag, zu Papier zubringen. Viele seiner Erlebnisse und Erfahrungen hat er in Raptexten verarbeitet und diese dann vertont.

«Ma Suisse», «Meine Schweiz», ist die Aufarbeitung der von Urs Brülisauer bereits erwähnten Attacke während eines Auftrittes im Sportzentrum Huttwil im Berner Mittelland, den er zusammen mit den anderen fünfzehn Finalisten absolvierte. Dort wurde er, als er sich dem Publikum präsentierte, von einer Gruppe Rechtsextremer mit gestrecktem Mittelfinger und wüstem Gezeter empfangen, das an jenes von Affen erinnern sollte. Gott hätte weitsichtiger sein müssen und Affen das Fell von Schneeleoparden und Schneeleoparden jenes von Affen geben sollen. Junior liess sich nicht beirren, zog seinen Auftritt durch. Aufgeben steht nicht in seinem Programm. «Fallen», meint er, «ist nur dann ein Problem, wenn man nicht die Kraft findet, wieder aufzustehen.»

Ma Suisse

Croix blanche sur fond rouge elle m'a tendu ses bras
Elle a fait de moi ce que je suis là
L'un de ses fils sans se limiter à ma différence
Car elle a compris que sa force est dans la tolérance
Elle est rouge car elle saigne quand on m'insulte
Toutes idées de pureté elle réfute
Elle est blanche non pas par sa peau
Mais bien pour sa paix et ses idéaux
Elle aime en toute neutralité
Est fière de sa diversité
Diversité de cultures de langages
Elle porte ça en elle quel beau bagage
Elle est petite de taille mais grande de cœur
Dans ses yeux je vois un monde en couleur
Ma Suisse ne s'enferme pas dans un coffre-fort
Son accueil vaut à lui seul son pesant d'or
Ouvre ses frontières malgré des idées carrées
Elle sait : la terre est ronde continue à tourner
Ne se repose pas sur ses clichés
Souhaitant pas devenir une simple carte figée

Mon Helvétie ne s'avoue pas vaincue face à la bêtise
Elle a la tête haute, sourit face aux mines grises
Sa croix n'est pas gammée
Ce symbole de haine elle veut gommer

Ne comprend pas la folie de certains gamins
Qui croient la représenter en levant la main
Certainement des gosses perdus
Aveuglés par les mensonges de certains élus
Ma Suisse se met à pleurer
Car certains son âme ont souillée
Ils insultent en son nom, méprisent en son nom
Elle se met en berne et face à la haine dit non non
Ma Suisse est faite d'Henry Dunant
Elle rêve qu'un jour on soit tous en union
C'est pour cela qu'elle ne lâche pas la bride
Se jette sur les piques du racisme tel Winkelried
Pour elle j'ai le plus grand respect
Du haut du Gruetli je prône la paix
Mon écho s'entendra de montagne en montagne
Tel un feu de 1er août se propagera jusqu'en campagne

Je ferme les yeux et continue à rêver de ma Suisse parfaite
Avec l'espoir que ce songe ne reste pas que dans ma tête
Ce morceau est pour tous les combattants de la connerie humaine
Toutes les personnes victimes de racisme celles qu'on malmène
XXIe siècle toujours point d'égalité
Moi qui espérais ne pas voir mon fils insulté
Ma Suisse est faite de Federer, de Sefolosha, de Yakin
Chaque doigt levé cris de singe est un crime
Aidez-moi à construire cette Suisse en couleur
Je continue à y croire malgré les «Führer»
Et ainsi un jour sur nos monts le soleil

Annoncera un brillant réveil
Nous verrons enfin les beautés de la patrie
Nos âmes seront petit à petit attendries
Je sais qu'il existe malgré tout des cœurs pieux
Et qui sait peut-être qu'un jour ça ira mieux

Meine Schweiz

Weisses Kreuz auf rotem Grund, hat sie mir die Hand gereicht
Aus mir gemacht, was ich heute bin
Einer ihrer Söhne, nicht beschränkt auf mein Anderssein
Sie weiss, Toleranz ist ihre Stärke
Sie ist rot, weil sie blutet, wenn man mich beleidigt
Lässt alle Rufe nach Reinheit ins Leere laufen
Weiss ist sie nicht wegen der Farbe der Haut
Weiss steht für Frieden und Ideale
Sie liebt in aller Neutralität
Ist stolz auf ihre Vielfalt
Vielfalt der Sprachen, Vielfalt der Kulturen
Das ist es, was sie ausmacht, welch schönes Gepäck
Sie ist klein, hat aber ein grosses Herz
In ihren Augen sehe ich eine bunte Welt
Meine Schweiz verbunkert sich nicht in einem Safe
Ihre Gastfreundschaft ist Gold wert
Sie öffnet ihre Grenzen, engherziger Haltung zum Trotz
Sie weiss, die Erde ist rund und dreht sich

Ruht sich nicht auf Klischees aus
Will nicht zur Ansichtskarte erstarren

Mein Helvetien kapituliert nicht vor Dummheit
Meine Schweiz trägt den Kopf hoch, lächelt über Griesgram
Ihr Kreuz ist kein Hakenkreuz
Dieses Symbol des Hasses will sie ausradieren
Kein Verständnis für den Irrsinn gewisser Kids
Die mit gestrecktem Arm ihr zu dienen glauben
Verlorene Jungs
Verblendet von den Lügen bestimmter Volksvertreter
Meine Schweiz weint
Wenn man ihre Seele verletzt
In ihrem Namen beleidigt, in ihrem Namen verachtet
Flagge auf Halbmast, schreit sie dem Hass ihr Nein entgegen
Meine Schweiz ist die von Henry Dunant
Die uns alle vereinigt träumt
Deshalb lässt sie nichts überborden
Wirft sich auf die Lanzen des Rassismus wie Winkelried
Für sie empfinde ich grössten Respekt
Hoch oben vom Rütli lobe ich den Frieden
Mein Echo hallt von Berg zu Berg
Wie Erst-August-Feuer, die sich antworten

Ich schliesse die Augen und träume weiter von meiner perfekten
    Schweiz
In der Hoffnung, dass dieser Traum nicht nur in meinem Kopf
    spielt

Dieses Stück ist für alle, die gegen menschlichen Wahn kämpfen
Für alle Menschen, die Opfer von Rassismus, von Misshandlung werden
Auch im 21. Jahrhundert noch keine Gleichberechtigung
Und ich hatte gehofft, dass mein Sohn nicht mehr beleidigt würde
Meine Schweiz besteht aus Federer, Sefolosha, Yakin
Jeder ausgestreckte Finger, jeder Affenschrei ist ein Verbrechen
Helft mit, eine farbenfrohe Schweiz zu bauen
Ich will daran glauben, den «Führern» zum Trotz
So wird eines Tages die Sonne über den Bergen
Einen strahlenden Tag ankünden
Endlich sehen wir die Schönheit der Heimat
Nach und nach besänftigen sich unsere Seelen
Ich weiss, dass es trotz allem ehrfürchtige Herzen gibt
Und, wer weiss, vielleicht wird eines Tages alles besser

«Meine Schweiz», schreibt Junior, «ist gemacht von Federer, von Sefolosha, von Yakin.» Dass er genau diese drei Namen erwähnt, ist kein Zufall. Roger Federer, der Tennisspieler, ist von Geburt Schweizer, seine Mutter ist Südafrikanerin, Hakan Yakin, der Fussballer, ist Schweizer, aber von Geburt Türke, und Thabo Sefolosha, der in der US-amerikanischen National Basketball Association spielt und den man vor allem in der Romandie kennt, ist Schweizer, aber von Geburt Südafrikaner und – schwarz. Die Schweiz vermischt sich. Schweizer mit Ausländern, Weisse mit Schwarzen. Wenn in der Nationalmannschaft der Franzosen auf dem Feld acht Schwarze stehen, ist das in Frankreich für die meisten normal. Wenn die Schweizer Fussballnationalmannschaft einen Schwarzen, Johan Djourou, ins Kader nimmt, ist das noch sehr neu. Und als Jürgen Klinsmann an der WM 2006 beim Spiel Deutschland gegen Polen David Odonkor, einen seiner beiden schwarzen Stürmer, einwechselte, soll ein deutscher Gast das Lokal, in dem er das Spiel auf Grossleinwand verfolgte, mit den Worten verlassen haben: «Deutsche Neger schau ich nicht!»

Nun, auch das wird sich legen. Die Welt wird eins. Es beginnt auf den Spielplätzen und findet seinen Fortgang in den Klassenzimmern, wo immer weniger «rein» schweizerische Kinder unter immer mehr fremdländischen sitzen. Für unsere Kinder ist es das Normalste der Welt, dass ihre Freunde nicht mehr Müller und Huber und Meier heissen. Ob ihre Mitschülerinnen mit Kopftüchern oder ohne in die Schule kommen, das ist ihnen herzlich egal.

Wie wenig Beachtung sie der Hautfarbe schenken, zeigt die folgende Geschichte: Junior, der – damit ihm genug Zeit für seine Musik bleibt – nie eine feste Klasse unterrichtet, sondern immer nur als Aushilfslehrer tätig ist, wurde in allen Primarklassen, die er bis heute schon unter seinen Fittichen hatte, von seinen Schülern nie – kein einziges Mal – auf seine Hautfarbe angesprochen. Was die Kinder hingegen immer sehr interessiert, wenn sie ihn zum ersten Mal sehen, ist, wie man es anstellt, soooo gross zu werden.

Der «soooo Grosse» misst 1,88 Meter. Ja, es gibt grössere Männer, aber wenn Junior gross wirkt, so hat das auch mit seiner inneren Kraft zu tun. Kinder spüren so was. Zum Beispiel, dass er die Energie fand und den Willen hatte, vom einst grauenhaft schlechten Schüler zum Lehrer zu werden.

Der Schule konnte Junior lange nichts abgewinnen. Er verweigerte die Hausaufgaben, sie langweilten ihn. Das begann sich erst zu ändern, als er auf Bücher traf, die nichts mit schulischer Pflichtlektüre zu tun hatten, sondern mit dem, was ihn interessierte. Damals war er zwölf Jahre alt.

Junior überlegte lange, ob er seine und damit die Geschichte seiner Familie publik machen soll, und sprach zuerst ausführlich mit seinen beiden Brüdern und seiner Pflegefamilie über das Projekt. Niemand war dagegen, also sagte er zu. «Ich konnte lange nicht über den Tod meiner Eltern reden, auch weil ich nicht wusste, wie die Menschen darauf reagieren würden. Wenn ich die Geschichte jetzt erzähle, dann kann ich damit – und das ist das Wichtigste – zeigen, dass ich auf sie stolz bin.»

Er ist drei Jahre alt, als er mit seiner Mutter nach Paris flieht. Kurz darauf kommt sein Bruder Arnaud zur Welt. Er ist vier, als die Familie nach Bulle in die Schweiz zieht. Dort wohnen bereits drei Familien aus Afrika. Eine kommt aus Angola, die zweite aus Ruanda, die dritte ebenfalls aus dem Kongo. Die Manizaos beziehen eine kleine Wohnung in einem Wohnblock, versuchen sich einzugliedern, leiden unter der Angst, auch die Schweiz könnte sie wegweisen. Es dauert Jahre, bis sicher ist, dass sie bleiben dürfen.

Gilbert, Juniors Vater, der Mathematikprofessor, findet Arbeit auf dem Bau. Astrid, Juniors Mutter, stellt sich in einer Uhrenfabrik ans Fliessband und wäscht daneben Geschirr in einem Tenniscenter. Junior und Arnaud sind, während ihre Eltern arbeiten, bei einer Tagesmutter. Dort hält Junior zum ersten Mal in seinem Leben Spielzeugautos in den Händen. Sie haben winzige Pneus, die man von den Felgen wegnehmen und wieder aufmontieren kann und auf denen die Autos wie echt hin und her gerollt werden können. So fasziniert ist der Kleine, der zu Hause noch über kein einziges Spielzeug verfügt, dass die Tagesmutter es nicht übers Herz bringt, ihm die Autos am Abend wieder wegzunehmen, und sie ihm stattdessen schenkt. Nicht eins. Alle.

In Bulle wird die Familie gut aufgenommen. Das Leben in der Schweiz wird bald so normal, wie das Leben in der Schweiz für eine afrikanische Familie normal werden kann. Die Mutter schafft es sogar, mit Schweizer Zutaten mehr oder weniger afrikanisch zu kochen. Vor dem Häuserblock, in dem die Manizaos wohnen, gibt es einen Spielplatz mit einer Schaukel und einem Sandkasten, wo Junior Stunden verbringt, sich um Schaufeln streitet, mal eins auf den Deckel kriegt, mal selber eins austeilt. Dass er schwarz ist und die anderen weiss, ist für niemanden ein Problem.

Als sein zweiter Bruder zur Welt kommt, ist Junior sechs. Die Eltern taufen ihn auf den Namen Ruedi. Junior, in Afrika geboren, bekam einen afrikanischen Vornamen, Arnaud, der in Frankreich zur Welt kam, einen französischen und Ruedi, der in der Schweiz Geborene, einen schweizerischen.

Ruedis Geburt stellt Juniors Leben auf den Kopf. Das Geld, das die Eltern verdienen, reicht nicht dafür, alle drei von der Tagesmutter betreuen zu lassen. Dass Astrid aufhören würde zu arbeiten, geht nicht. Gilberts Lohn als Hilfsarbeiter reicht nicht, um die ganze Familie durchzubringen. So wird entschieden, dass Junior, der inzwischen in die erste Klasse geht, gross und selbstständig genug ist, um auf sich selbst aufzupassen. Am Mittag schliesst er mit dem Wohnungsschlüssel, den er um den Hals trägt, die Tür auf, öffnet den Kühlschrank, macht sich ein Wurstbrot, isst im Stehen, spielt mit den

Autos und weiss genau, wie die Zeiger auf der Uhr in der Küche zu stehen haben, damit er wieder in die Schule muss.

Dort wird er zum ersten Mal mit Rassismus konfrontiert. Ein Mitschüler sagt ihm, er sei schmutzig, und stellt klar, dass er mit ihm nichts zu tun haben will. «Fass mich nie an!», befiehlt er. Als seine Mutter am Abend nach Hause kommt, findet sie ihren Ältesten weinend auf dem Bett vor. Sie fragt, was los sei, und Junior will wissen: «Wie soll ich darauf reagieren, wenn man mich so behandelt?» «Sag: ‹Ich bin schwarz und ich bin stolz darauf.›» Die Mutter redet Lingala, eine der meistgesprochenen Sprachen der Kongolesen. Französisch, die Sprache der ehemaligen Kolonialmacht Belgiens, die für den Kongo die verbindende Sprache geblieben ist, reden die Manizaos zu Hause anfänglich nie. Später wird es so sein, dass die Eltern Lingala sprechen und die drei Buben konsequent auf Französisch antworten.

Die Familie behält nicht nur das afrikanische Essen bei, die Eltern möchten auch, dass ihre Buben in der Muttersprache sprechen, und sie achten auf eine afrikanische Erziehung. Hätte eine europäische Mutter ihr auf dem Bett liegendes, weinendes Kind in den Arm genommen, um es zu trösten, tut das eine afrikanische Mutter nicht. Ihren Trost legt sie in ihre Stimme. «Babys werden in Afrika geherzt und geküsst und geknuddelt. Sind sie grösser, ist damit schnell Schluss. Ich kann mich an einen einzigen Kuss meiner Mutter erinnern und an keine einzige Umarmung. Wir kannten das ganz einfach nicht. So wie Mama und Papa das von ihren Eltern nicht kannten.»

Juniors Vater, Gilbert, erzieht denn auch so, wie er selbst erzogen worden ist, mit Ohrfeigen. Eine solche setzt es auch, als Junior mit Arnaud eines Tages in den Lift des Wohnblocks steigt und mittendrin den Stoppknopf drückt, um dem kleinen Bruder das Fürchten beizubringen: «So, Arnaud, jetzt stecken wir für immer fest! Jetzt kommen wir nie mehr raus aus diesem Käfig.» Worauf Arnaud wunschgemäss wie am Spiess zu schreien beginnt, was Junior so lustig findet, dass er vor lauter Lachen fast genauso viele Tränen vergiesst wie Arnaud vor blankem Entsetzen.

Ohrfeigen gibt es auch, wenn Junior weinend nach Hause kommt, weil ein anderes Kind ihn geschlagen hat. «In Afrika kommt man nicht weinend nach Hause, sondern wehrt sich, stellt sich auf die Hinterbeine.» Wenn erboste Eltern sich bei Astrid und Gilbert über Junior beschweren, weil der in der Schule ausgeteilt hat, verstehen sie die Welt nicht mehr. Sie sind davon überzeugt, dass Kinder ihren Streit selber austragen müssen. «Richtig», findet Junior heute, «sehr richtig. Aber – es ist falsch, Kinder zu schlagen.» Mit der Zeit sieht das offensichtlich auch sein Vater ein. Ruedi, den Jüngsten, schlägt er nie. Nicht ein einziges Mal.

Einmal packt Junior seine Siebensachen, will gehen, fühlt sich ungeliebt, unverstanden, so wie Kinder das manchmal tun. Dass sein Vater ihn doch gern hat, erfährt er kurz darauf. «Zum Geburtstag schenkte er mir ein Fahrrad, ein so schönes Fahrrad, wie niemand sonst es hatte. Es war ganz bunt.» Wie sehr sein Vater ihn tatsächlich geliebt hat, wird ihm erst nach dessen Tod bewusst.

«Ich fand eine Kartonschachtel mit Fotos: wir beim Sonntagsspaziergang – meine Mutter schwanger – ich auf der Schaukel – Ruedi als Baby – ich in einer Winterjacke. Wir hatten diese geschenkt bekommen, ich hasste sie ihrer Farbe wegen. Pink! Geld für eine andere hatten wir nicht. Es war Hochsommer, als meine Cousine aus Paris zu Besuch war und ich die Jacke aus dem Schrank nahm, um ihr ein grosszügiges Geschenk zu machen. Sie war hocherfreut über meine Selbstlosigkeit. Als der Winter kam, besorgte mir meine Mutter einen neuen Anorak, diesmal netterweise in Grün. Unter den wenigen Bildern, die es von unserer Familie gibt, fand ich in der Schachtel auch ein Porträt meines Vaters. Ich drehte es um, auf der Rückseite stand in seiner Handschrift geschrieben: ‹Astrid, ich vermisse dich, pass auf unseren kleinen, süssen Junior auf!› Er hatte das Foto nach seiner Ankunft in Paris gemacht und es in den Kongo geschickt. Ich hielt mich nach seinem Tod lange an diesem Bild fest.»

Rückblickend, sagt Junior, sei die afrikanische Erziehung vielleicht doch die beste gewesen. «Sie hat uns für das stark gemacht, was uns erwartete.»

Kurz bevor seine Mutter krank wird, ist sie mit ihrer Ausbildung zur Hilfskrankenschwester, die sie in Abendkursen gemacht hat, fertig. Sie träumt davon, Sinnvolleres zu tun, als am Fliessband in der Uhrenfabrik zu stehen. Es sollte ein Traum bleiben, denn es geht ihr zusehends schlechter. Manchmal auch wieder ein bisschen besser. Aber die Morgen, an denen sie im Bett liegen bleibt, werden zahlreicher. Der Arzt, der sie oft besucht, bringt eine Sauerstoffflasche, damit sie besser atmen kann. Es ist schwierig, ohne den Verdienst der Mutter zu überleben. Der Vater sucht sich eine Stelle in einer Fabrik, damit er nachts arbeiten und so mehr verdienen kann. Die Arbeit auf dem Bau kündigt er.

Astrid wird ins Krankenhaus eingeliefert. Kommt wieder heim. Muss wieder ins Krankenhaus. Kann wieder heim. Hin und her. Her und hin. Eines Tages kommt sein Vater weinend aus dem elterlichen Schlafzimmer, wo er mit dem Arzt gesprochen hat. Junior wartet vor der Tür, sein Vater kniet sich zu ihm nieder, sieht ihn an, sagt: «Junior, deine Mutter wird nie mehr gesund werden.» Junior hat seinen Vater noch nie zuvor weinen sehen. Er weiss nicht, was passiert. Er weiss nicht, dass seine Mutter sterben wird. Er weiss nur, dass sie nie mehr gesund werden wird.

Sie muss wieder ins Krankenhaus. Kommt wieder heim. Manchmal setzt er sich zu ihr ans Bett und schaut ihr dabei zu, wie sie schläft. Sie ist zerbrechlich geworden. An Tagen, an welchen sie die Kraft findet, lächelt sie Junior an. Dann muss sie wieder ins Krankenhaus. Gilbert und die drei Buben besuchen sie, sooft es geht. Die Kinder können nicht wissen, dass die Mutter nie mehr nach Hause kommen wird.

Es ist mitten in der Nacht, als Junior vom eigenen Weinen erwacht. Sein Kissen ist nass. Er schnäuzt sich die Nase, dreht das Kissen um, schläft weiter. Kurz darauf weckt ihn das Klingeln des Telefons. Er steht auf, tappt in den Flur, nimmt den Hörer ab. Eine Stimme fragt nach seinem Vater, Junior sagt, der sei nicht da, er arbeite nachts. Die Stimme sagt: «Deine Mutter ist gestorben.»

Wenig später hört Junior, wie der Schlüssel in der Tür gedreht wird. Sein Vater, der inzwischen informiert worden ist, kommt heim, sagt, er müsse ins Krankenhaus, will Junior nicht mitnehmen, will, dass seine Buben ihre Mutter lebend in Erinnerung behalten. Junior ist neun, Arnaud sechs, Ruedi drei Jahre alt.

«Man sollte, nein, man muss», davon ist Junior heute überzeugt, «mit Kindern über den Tod reden, und man muss sie Abschied nehmen lassen, damit sie trauern und diese Trauer dann eines Tages abschliessen können. Keine Chance gehabt zu haben, mich von meiner Mutter zu verabschieden, hat mich bis vor zwei Jahren ständig begleitet. Vielleicht wäre es besser gewesen, irgendwann mal einen Psychologen aufzusuchen. Vielleicht hätte mir das geholfen. Aber ich wollte immer alles selber erledigen, auf meine Art und ohne fremde Hilfe. Möglich, dass dies ein Fehler war.»

Als der Vater wieder zu Hause ist, erzählt er Junior, dass seine Mutter sehr ruhig gestorben sei. Eine Krankenschwester sei bei ihr gewesen und ein Pfarrer, der ihm gesagt habe, Astrids letzte Worte hätten gelautet: «Gott, ich lege mein Leben in deine Hände.» Astrid war eine sehr gläubige Frau. Die kommenden Nächte arbeitet der Vater nicht, zum Schlafen nimmt er alle drei Buben in sein Zimmer. Weder will er, dass die Kinder allein sind, noch will er allein sein. Von da an bleiben die Ohrfeigen aus. Ein paar Tage nach Astrids Tod kommt ein Brief, man habe eine Stelle als Hilfskrankenschwester für sie.

Gilbert findet Trost bei einer Sekte, der er schon beigetreten war, als er wusste, dass Astrid nie mehr gesund werden würde. Als er den Sarg nach Kinshasa überführt, lässt er seine Kinder bei einem Sektenmitglied und dessen Familie. Eines Abends sprechen sie von einer Minute zur anderen in einer Sprache, die die Buben nicht verstehen. Arnaud fragt, was das für eine Sprache sei, bekommt zur Antwort, es sei die Sprache des Himmels. Wenn Junior nicht will, dass sie verstehen, was er zu seinen Brüdern sagt, spricht er Lingala. Die Familie ist nett, das Essen nicht gut. Junior ist froh, als sein Vater wiederkommt. Er holt die Kinder ab, sagt Danke, verabschiedet sich. Junior weiss nicht, wie die Sekte hiess, es hat ihn nie interessiert. Was er trotz seiner jungen Jahre realisiert hat, ist, dass diese Menschen das Gefühl hatten, von Gott auserwählt zu sein. Und das Wort auserwählt, das sagte ihm sehr wohl etwas, denn das einzige Buch, das seine Eltern zu Hause liegen hatten, war eine Bibel für Kinder mit kurzen Geschichten, die ihn derart faszinierten, dass er sie wieder und wieder las. Im Schulfach Religion – ganz im Gegensatz zu allen anderen Fächern –

war er Klassenbester. Junior ist sich sicher, dass Gilberts Hoffnung, seine Frau könne geheilt werden, ihn in die Fänge dieser Sekte getrieben hatte. Nach dem Tod seiner über alles geliebten Astrid kehrte sein Vater dieser Vereinigung den Rücken. Er wird Junior später sagen, es sei die Sekte gewesen, die ihm geraten habe, die Kinder von der toten Mutter nicht Abschied nehmen zu lassen.

Junior hat es bis heute nicht geschafft, über den Tod seiner Eltern zu schreiben. «Je mehr mich etwas beschäftigt, desto länger geht es, bis ich die Worte, dir mir dabei helfen, etwas zu verarbeiten, aufs Papier bringen kann. Aber weil der Tod in meinen jungen Jahren so präsent war, musste ich mich doch damit beschäftigen und habe einen Rap geschrieben, in welchem es um meinen eigenen geht.» Als Junior «Le Passage», «Die Durchreise», schreibt, ist er gerade mal sechzehn Jahre alt.

Le Passage

Qui aurait pu me prévenir qu'elle allait déjà venir
Personne n'aurait pu m'avertir à quel moment je devrais partir
Là je me retrouve sur mon lit de mort à me souvenir
Des meilleurs instants que j'ai pu vivre et les pires
Je me pose énormément de questions sur ce que j'ai bien pu faire
    de bon
Et demande le pardon pour les moments où j'ai agi en démon
Des larmes tombent pensant à mon corps dans une tombe
    en train de se décomposer

Comment pourrais-je encore composer?
Des questions bizarres je commence à me poser
La mort c'est se reposer pour l'éternité
Mais avons-nous vraiment une âme?
Ai-je vraiment une âme?
Après tout qui l'a déjà vue?
Qui l'a déjà aperçue?
Le paradis existe-t-il?
Tout ce que j'ai appris m'est inutile pour répondre
    à des questions si subtiles
Je dois partir et pourtant je voudrais vivre
C'est fini je ferme mon livre

Ce soir j'écris la dernière page du livre intitulé la vie
Non ce n'est pas fini
C'est juste un passage
Je change seulement de rivage
Ne versez pas de larmes sur ce message
J'étais sur terre que de passage

Qui s'occupera de ma mifa qui consolera les gens que j'aime?
J'ai trop de peine impossible à extérioriser
Je reste terrorisé à l'idée de les laisser
Qui embrassera mes fils mes filles pour leur souhaiter bonne nuit?
Qui les mettra à l'abri de tout ennui financier?
Je dois déjà pas mal d'argent à des créanciers sans cœur
J'ai peur de laisser ma femme dans une situation si infâme
L'homme propose

Et Dieu dispose
Tout ce que j'avais prévu sur cette page de ma vie tombe dans les oublis
Je prie si rarement que si je m'y mets à présent Dieu croira que je mens
Mais je m'en fous, j'entame un Notre Père
En essayant de lui prouver le contraire
Je me sens enfin prêt pour ce voyage
Prêt à enfin tourner la page

Nous sommes tous des morts en sursis
Personne n'y échappe ne vous faites pas de soucis
Et lorsqu'il faudra fermer les bagages …
Pas besoin d'énorme charge
Là où vous allez l'argent ne vous servira à rien
Le prix du paradis c'est tout le bien fait à son prochain
Tout ce qui est matériel n'est que superficiel
Ça ne sert à rien au ciel
La vie est belle je sais mais de l'autre côté elle est éternelle
Je vois des créatures avec des ailes
Je crois que c'est le moment de lâcher mon dernier soupir
De traverser le tunnel pour rejoindre cette lumière qui m'attire
Je ne regrette pas ma vie ici bas
Je pars avec beaucoup de joie
Rejoindre les personnes qui m'ont aimées
Elles m'attendent de l'autre côté
Au revoir on se reverra
Car un jour toi aussi tu partiras

Die Durchreise

Wer hätte mich warnen können, dass es jetzt schon so weit ist
Kein Mensch hätte mir verraten können, wann es für mich Zeit ist
Jetzt liege ich auf dem Sterbebett und erinnere mich
An die besten Momente und an die schlechtesten
Frage mich immer wieder, was ich denn an Gutem geleistet habe
Und bitte um Vergebung für die Situationen, in denen mich der Teufel ritt
Der Gedanke an meinen verrottenden Körper im Grab treibt mir die Tränen in die Augen
Wie bloss kann ich weiterschreiben?
Merkwürdige Fragen fallen mir ein
Der Tod ist ein Sichausruhen für immer
Haben wir wirklich eine Seele?
Habe ich eine Seele?
Hat denn schon jemand sie gesehen?
Wer hat sie schon gesehen?
Und das Paradies, gibt es das Paradies?
Nichts von dem, was ich gelernt hab, taugt als Antwort auf diese schwierigen Fragen
Ich muss gehen und würde doch so gerne leben
Es ist vorbei, ich schliesse mein Buch

Heute Abend schreib ich die letzte Seite in dem Buch, das Leben heisst
Nein, es ist nicht vorbei

Es ist nur ein Übergang
Ein Wechsel ans andere Ufer
Vergiesst darob keine Tränen
Ich war nur auf der Durchreise

Wer tröstet meine Geliebte, wer die Menschen, die ich liebe?
Es tut zu weh, ich kann kaum davon reden
Die Vorstellung, sie zurückzulassen, lähmt
Wer gibt meinen Söhnen und Töchtern den Gutenachtkuss?
Wer schützt sie vor Geldsorgen?
Ich schulde Gläubigern ohne Herz schon ziemlich viel Geld
Das kann ich meiner Frau nicht antun
Der Mensch denkt
Und Gott lenkt
Alles, was ich auf dieser Seite meines Lebens noch vorhatte,
    ist mir entfallen
Ich bete so selten, dass, wenn ich es jetzt tue, Gott denkt,
    ich lüge
Mir egal, ich beginne mit einem Vaterunser
Ein Versuch, ihn vom Gegenteil zu überzeugen
Endlich fühl ich mich bereit für diese Reise
Bereit, umzublättern

Wir alle sind Tote auf Bewährung
Keiner entkommt, macht euch keine Illusionen
Und wenn es daran geht, die Koffer zu packen,
Denkt daran: unnötig, sie schwer zu laden
Da, wo ihr hingeht, hat Geld keinen Wert

Der Eintrittspreis fürs Paradies besteht in dem, was wir dem
   Nächsten Gutes taten
Alles Materielle ist nur oberflächlich
Und nützt im Himmel nichts
Ich weiss, das Leben ist schön, aber am andern Ufer ist es ewig
Ich sehe Geschöpfe mit Flügeln
Ich glaube, es ist Zeit für einen letzten Seufzer
Für die Reise durch den Tunnel, an dessen Ende lockt das Licht
Ich trauere meinem Leben hienieden nicht nach
Gehe mit grosser Freude
Um jene wiederzufinden, die mich einst liebten
Sie erwarten mich auf der andern Seite
Auf Wiedersehen, wir werden uns wieder sehen
Eines Tages gehst auch du

Gilbert wollte seine Frau in Kinshasa beerdigen. Wollte sie heimbringen, zurück in ihr Land. Seine kongolesischen Freunde halfen ihm dabei und sammelten Geld für den Flug. Gilbert hat die Beerdigung auf Video festgehalten und dieses seinen Kindern nach seiner Rückkehr gezeigt. Sie sehen nicht nur Bilder, die sie traurig stimmen, sie sehen auch zum ersten Mal ihre afrikanischen Verwandten. Zwölf Monate später macht Gilbert mit den drei Buben eine Reise in den Kongo, wohl in erster Linie, um seiner Frau an ihrem ersten Todestag die Ehre zu erweisen. Junior kann sich an den Besuch sehr genau erinnern: «Ich war erstaunt, wie riesig der Friedhof war. Mein Vater hatte

Geld dafür bezahlt, dass das Grab meiner Mutter ganz nah beim Eingang ist, deshalb reichte es dann nur noch für einen sehr schlichten Grabstein.» Junior war damals zehn. Sechs Jahre später reist er zum zweiten Mal in den Kongo. «Als ich zum Grab meiner Mutter ging, begleiteten mich meine Verwandten. Im Kongo geht niemand alleine auf einen Friedhof, das macht man einfach nicht. Die Angst vor bösen Geistern ist viel zu gross.»

In der Nacht bevor Junior das Grab seiner Mutter zum zweiten Mal besucht, erscheint sie ihm als Engel. «Sie lächelte mich an und war von viel, viel Licht umgeben. So etwas war mir vorher noch nie passiert – ein bittersüsses Erlebnis. Ich hatte keine Ahnung davon, dass es möglich ist, gleichzeitig glücklich und traurig zu sein, und beides im selben Masse.» Auf dem Friedhof fallen Junior zwei Dinge auf. Erstens war der Friedhof inzwischen noch grösser geworden, und zweitens war das Grab seiner Mutter zubetoniert. Dies, damit niemand es öffnen konnte, denn es war leider üblich geworden, dass Grabräuber die Särge stahlen, um sie als Billigware nochmals auf den Markt zu bringen.

Als Junior im Jahr 2004 zum dritten Mal auf den Friedhof kommt, breitet sich dieser über eine noch grössere Fläche aus, er ist immens geworden. Das hat zum einen mit dem Bürgerkrieg zu tun, der das Land nach Mobutus Absetzung zehn Jahre lang erschütterte und der von der ehemaligen amerikanischen Aussenministerin Madeleine K. Albright als «Erster Weltkrieg Afrikas» bezeichnet wurde – mehr als drei Millionen Menschen fielen ihm zum Opfer –, zum anderen aber damit, dass viele Menschen in Schwarzafrika auch heute noch an Krankheiten wie Malaria, Typhus, Tuberkulose, Cholera sterben, die gut behandelt werden könnten, wenn Geld vorhanden wäre.

In keiner anderen Region der Erde sterben so viele Mütter bei der Geburt ihrer Kinder. Über vierzig Prozent aller Menschen südlich der Sahara haben keinen Zugang zu sanitären Einrichtungen. Auf hunderttausend Einwohner kommen gerade mal fünfzehn Ärzte – im Weltdurchschnitt sind es gut zehnmal so viele. Die durchschnittliche Lebenserwartung liegt bei 46 Jahren. So tief ist sie vor allem wegen Aids. Laut neuesten Schätzungen von UN-Aids, dem Koordinierungsprogramm der Vereinten Nationen zur Einschränkung der Aidsepidemie, leben von den weltweit 38,6 Millionen mit dem HI-Virus Infizierten 24,6 Millionen südlich der Sahara. Die Zahl derer, die im Jahr 2005 weltweit an dieser Krankheit gestorben sind, wird mit 2,8 Millionen angegeben, und es wird geschätzt, dass zwei Millionen dieser 2,8 Millionen Menschen dort gestorben sind, wo nur gerade elf Prozent der Weltbevölkerung leben: südlich der Sahara.

In Schwarzafrika fehlt es nicht nur an Medikamenten, die das HI-Virus in Schach halten, es fehlt auch an Prävention, es fehlt an der Unverfrorenheit, Kondome zu benutzen, obwohl der Papst diese verbietet, es fehlt an Geld, es fehlt an Aufklärung, es fehlt an ausgebildetem Personal, es fehlt an allem.

Etwa eineinhalb Jahre nach Astrids Tod stellt Gilbert seinen Söhnen eine Frau vor, die in der Schweiz lebt, ursprünglich aber auch aus dem Kongo stammt. Junior mag sie nicht. Als die beiden heiraten, schwänzt Junior – noch keine elf Jahre alt – die Feier, zieht sich in sich selbst zurück.

In dieser Zeit bringt der französische Rapper MC Solaar sein Debütalbum «Qui seme le vent récolte le tempo», «Wer Wind sät, erntet Tempo», auf den Markt. Junior ist fasziniert. Er findet heraus, dass MC Solaar mit bürgerlichem Namen Claude M'Barali heisst und dass auch er in Afrika – im Senegal – geboren und in Europa – in einem Pariser Vorort – aufgewachsen ist und eigentlich Fussballstar werden wollte. Genau wie er. Juniors Fussballkarriere scheiterte an einem verletzten Knie. Die von MC Solaar an dessen Mutter, die strikt gegen eine solche Laufbahn war. MC Solaar gab mit ausgefeilten, fast lyrischen, sanften Texten dem bis anhin Gewalt verherrlichenden Rap ein neues Gesicht und machte ihn populär.

Bald kann Junior alle Songs auswendig, er rezitiert die Texte wieder und wieder, begreift mehr und mehr, was MC Solaar sagen will. Er hört Feinheiten heraus, erkennt, dass Worte mehr sein können als das, was er in der Schule gelernt hat. «Ich glaube, dass ich damals damit begann, zu denken.»

Irgendwann wird Junior klar, dass sein Vater nicht aus Liebe, sondern aus Berechnung geheiratet haben könnte, damit jemand für seine Buben da wäre, wenn auch er tot sein würde. Dieser Gedanke schmerzt Junior zu sehr, er verdrängt ihn. Genauso wie sein Vater das Unausweichliche nicht beim Namen nennt. Vielleicht würde Gilbert gerne darüber sprechen, aber wie? Es gibt zwar Worte für das, was passiert: Ein Mann verliert seine Frau, drei Kinder ihre Mutter. Der Vater dieser Kinder weiss, dass auch er bald sterben wird, dass er seine Kinder, in einem Land, in welchem er noch keine Wurzeln schlagen konnte, allein – mutterseelenallein – zurücklassen muss. Man kann das, was passiert, in Worte fassen, das geht. Auch sie lesen geht noch. Mehr? Mehr geht nicht.

Gilbert muss ins Krankenhaus. Darf wieder heim. Muss wieder hin. Hin und her und her und hin. Junior müsste wissen, was das bedeutet. Mit dem Tod des Vaters rechnet der inzwischen bald Zwölfjährige trotzdem nicht. «Ich redete mir ein, mein Vater sei stark. So stark, dass er bestimmt bald wieder gesund werden würde. Wenn ich zu Hause bei ihm war, dann glaubte ich sehr daran, dass dem so ist, wenn ich aber in der Schule steckte, dann nagten die Zweifel. Jedes Mal, wenn ich das Martinshorn eines Krankenwagens hörte, dachte ich: Jetzt holen sie ihn.»

Weil die Krankheit Gilbert kontinuierlich schwächt, muss er sein Arbeitspensum reduzieren. Die Familie erhält Sozialhilfe. Das Geld reicht hinten und vorne nicht. Junior muss, wenn er Brot einkaufen geht, anschreiben lassen. Er lädt viel Verantwortung auf seine schmalen Schultern, versucht, seinen Brüdern Mutter und Vater zu ersetzen. Dass die neue Frau seines Vaters kein Interesse an den drei Buben hat, stellt sich schnell heraus.

Im Kanton Fribourg ist es üblich, dass die Kinder am ersten Mai von Tür zu Tür gehen, um zu singen. Als Dank erhalten sie ein wenig Geld. Junior klingelt schon frühmorgens an den Türen. Er hat sich ein Ziel gesetzt, will sich einen Traum erfüllen. Er singt und singt, macht auch über Mittag keine Pause. Geht in die Bistros, sammelt in einem Aschenbecher, geht wieder von Tür zu Tür, wird mit Süssigkeiten vollgestopft. Seine Freunde haben gegen fünf Uhr abends genug, gehen nach Hause, Junior zieht weiter. Als es ihm zu dunkel wird, hört auch er – inzwischen heiser geworden – mit Singen auf. In seinem Zimmer baut er Türme aus Münzen. Findet vor lauter Aufregung kaum Schlaf.

Am nächsten Morgen packt er die Türme in einen Plastiksack, bringt das Geld zu einer Bank, bittet dort, alles in Noten zu wechseln, und rast ins Warenhaus. Kauft das, was seine Freunde schon letzte Weihnachten bekommen haben, als sein einziges Geschenk ein Radiowecker war – ein gutes Geschenk, er hat ihn heute noch. Gespendet worden war er vom Rotary Club. Aber jetzt und heute kauft er sich das, was er sich damals aufs Sehnlichste gewünscht hatte. Er kauft sich eine Spielkonsole, eilt mit ihr nach Hause.

Der Arzt, der schon seine Mutter behandelt hat, umsorgt nun auch seinen Vater. Er hat mit dem Sozialamt schon lange besprochen, dass eine Lösung für die Buben gesucht werden muss. Die zeichnet sich bald in Monique und Philippe ab. Ein Ärzteehepaar, das in Bulle lebt und von der Geschichte der Manizaos so betroffen ist, dass die beiden die Familie immer wieder besuchen, alle drei Buben sporadisch zum Essen einladen und Ruedi, den Kleinsten, bald schon über Nacht zu sich nach Hause nehmen.

Eines Tages kommt ein Sozialarbeiter in die Wohnung, setzt sich zu Junior und Arnaud ins Schlafzimmer; Ruedi, der Jüngste, muss draussen bleiben. Der Mann redet mit den beiden, fragt sie viele persönliche Dinge, sagt, es bleibe alles geheim, er werde – grosses Indianerehrenwort – niemandem erzählen, was sie ihm anvertrauten. Schliesslich erklärt er ihnen, ihr Vater sei so krank, sie könnten nicht hierbleiben. Und leider wolle die neue Frau ihres Vaters sich nicht weiter um sie kümmern, doch man habe nun eine glückliche Lösung gefunden. «Monique und Philippe werden euch alle drei bei sich aufnehmen.» Später erfährt Junior, dass der Mann in einer Hinsicht schwer gelogen hatte. «Alles, was ich ihm gesagt habe, hat er meiner neuen Mutter weitererzählt. In dem Moment, als ich das entdeckte, verlor ich mein Vertrauen in die Erwachsenen.»

Junior ist mit der Lösung nicht einverstanden, aber er ahnt, dass er keine Wahl hat. Mit seinem Vater kann er darüber nicht reden, er glaubt, dieser wolle es wohl so haben. Eine Woche später packt er ein paar Sachen in eine Tragtasche. Die drei ziehen um. Zu Monique und Philippe und ihren fünf Kindern. Seine neue Mutter versucht ihn zum

Lachen zu bringen, hat keinen Erfolg. Junior weint nicht. Und er lacht auch nicht. Und – jedes Mal, wenn sie ihn umarmen oder gar küssen will, weicht er aus.

Gilbert besucht die Kinder bei Monique und Philippe noch zwei-, dreimal, dann geht es ihm so schlecht, dass er definitiv ins Krankenhaus eingeliefert werden muss. Bald reicht seine Kraft kaum mehr aus, das Bett zu verlassen. Er schafft es auch da noch nicht, seinem ältesten Sohn zu sagen, er sei stolz auf ihn. Kurz darauf besuchen die drei Buben ihren Vater, um ihm Adieu zu sagen, da sie mit dem Ärzteehepaar und all ihren neuen Geschwistern in einem Kleinbus Richtung Portugal reisen dürfen. Junior, Arnaud und Ruedi erfahren, was Ferien sind. Sie sind glücklich, wissbegierig, abenteuerlustig, ausgelassen. Die Todesnachricht erreicht sie in dieser Stimmung. Junior ist zwölf, Arnaud ist neun, Ruedi ist sechs – sie sind Vollwaisen.

Dieses Mal wacht Junior in der Nacht, in der sein Vater stirbt, nicht vom eigenen Weinen auf: «Ich hatte zu meinem Vater kein so enges Verhältnis wie zu meiner Mutter. Meine liebste Erinnerung an ihn ist die, wie wir einmal miteinander Fussball gespielt haben.» Junior weiss heute, dass sein Vater partout auf der Ferienreise seiner Buben bestanden hatte. Erst recht, als ihm gesagt wurde, er werde die Rückkehr seiner Kinder kaum mehr erleben.

Die Beerdigung findet in Bulle statt. Gilbert hat Junior, als sie noch alle in der Wohnung lebten, einmal in die Küche gebeten, hat sich mit ihm hingesetzt und zum ersten Mal in seinem Leben ein langes Gespräch mit ihm geführt. Er hat ihm dabei gesagt, dass er verbrannt werden wolle, wenn er tot sei. Eine Überführung seiner Leiche nach Kinshasa sei viel zu teuer, und die Beerdigung dürfe auch hier in Bulle nur wenig kosten. Er wolle im Gemeinschaftsgrab beigesetzt werden. Junior verstand damals nicht, warum sein Vater mit ihm über den Tod redete.

Junior geht nicht oft auf das Grab seines Vaters. Und wenn, dann alleine. Er hat keine Angst vor bösen Geistern und glaubt auch nicht an gute. Auf die Frage, ob er das Gefühl habe, seine Eltern wachten über ihn, sagt er: «Ehrlich gesagt, hoffe ich das nicht, denn ich glaube, wenn man tot ist, dann muss man loslassen, gehen. Auf jeden Fall sehe ich nicht den geringsten Sinn darin, zu bleiben. Nur um zu sehen, wie die Hinterbliebenen leiden? Eine grauenvolle Vorstellung. Warum weiterleiden, wenn man die Welt und ihr Leid verlassen hat? Wenn es etwas geben soll, das mich beschützt, dann gefällt mir der Gedanke an einen Schutzengel besser. Ich denke, ein solcher ist – ganz im Gegensatz zu Geistern – ja auch voll und ganz handlungsbevollmächtigt!»

Ein paar Monate nach der Beerdigung des Vaters bringt Monique alle drei Buben zu einem befreundeten Arzt und lässt ihnen Blut entnehmen. «Wahrscheinlich wurden wir schon früher getestet, ich kann mich allerdings nur an dieses eine Mal erinnern.» Die Resultate sind ein Geschenk. Ein Geschenk im Triopack: Junior – negativ. Arnaud – negativ. Ruedi – negativ. Monique setzt sich mit allen dreien an den grossen Küchentisch und erklärt ihnen, dass es eine Krankheit gibt, die Aids heisst und die man noch nicht lange kennt. Sie sagt: «Eure Eltern sind an dieser Krankheit gestorben – ihr drei seid, Gott sei Dank, gesund.»

Zu etwa dieser Zeit wird in den Schulen ein Aufklärungsprogramm zum Thema Aids durchgeführt. Mit Hilfe des Comics «Jo» werden die Kinder an das Problem herangeführt. Junior lernt, dass man die Krankheit nicht einfach so bekommt, sondern dass man von ihr angesteckt wird. Er beginnt Fragen zu stellen. Die brennendste der einzigen Person, von der er denkt, sie habe eine Antwort darauf, seiner Tante Berthe, die er in Paris besucht. Sie hat keine. Junior hätte weiterforschen können, hätte den Dingen auf den Grund gehen können, er hat es bleiben lassen: «Es interessiert mich nicht, ob es eine Frage der Untreue war oder ob sich meine Mutter bei der Bluttransfusion, die sie nach der Geburt von Arnaud bekommen hatte, infiziert hat. Was würde es ändern, wenn ich erfahren hätte, wer ‹Schuld› hat am Tod meiner Eltern?»

Junior weiss genau, dass er ein afrikanisches Tabu bricht, wenn er die Krankheit, an der seine Eltern starben, beim Namen nennt. Und er kann sich vorstellen, dass dies bei der afrikanischen Gemeinschaft in der Schweiz nicht gut ankommt, aber: «Nicht darüber zu sprechen, macht die Sache nicht einfacher, sondern – ganz im Gegenteil – viel, viel komplizierter. Menschen, die an Aids leiden, Menschen, die an Aids sterben, sind keine Aussätzigen, sie hatten einfach Pech. Zumindest damals, als meine Eltern sich infiziert hatten. Das war zu einer Zeit, als man von Aids noch nicht einmal wusste, ob man sich den Tod beim Küssen holen kann!»

Aids trat vor 25 Jahren in unser Bewusstsein. Am 5. Juni 1981 – Juniors erstem Geburtstag – wurde in einem amerikanischen Fachartikel davon berichtet, dass Ärzte bei fünf jungen, homosexuellen Männern aus Los Angeles ungewöhnliche Symptome festgestellt hatten. Auffällig war, dass alle Patienten an einer besonderen Form von Lungenentzündung litten, die man sonst nur von Immunkranken kannte. Die Experten waren absolut ratlos, wie es bei den bis noch vor kurzem völlig gesunden Männern plötzlich zu einer derart heftigen Erkrankung kommen konnte. Einen Monat später folgte im wöchentlichen Report der US-Gesundheitsbehörde CDC der zweite Bericht. In diesem war von 26 Männern aus New York und Kalifornien die Rede, die an einem bis dahin seltenen Hautkrebs, dem Kaposi-Sarkom, erkrankt waren. 1982 gab man der nach wie vor nicht identifizierten Krankheit den Namen GRID, Gay-Related Immune Deficiency, was so viel heisst wie: mit Homosexualität verbundene Immunschwäche bei Männern. Schon kurze Zeit später wurden die Symptome aber auch bei Heterosexuellen festgestellt, und man sprach von AIDS, Acquired Immune Deficiency Syndrome – erworbenes Immundefektsyndrom. Es ging nicht lange, da waren die verschiedenen Ansteckungswege bekannt, allerdings weiss man erst 1985 sicher, dass man sich beim Küssen nicht infizieren kann.

«Heute kann man eine Ansteckung nicht mehr nur dem Schicksal zuschreiben. Heute weiss man, dass Kondome schützen. Und trotzdem kenne ich junge Menschen, die sie nicht benützen, kenne junge Frauen, die stolz verkünden, sie würden nie auf einem Kondom beharren. In den Industriel̈ändern hat Aids dank neuen Medikamenten seinen Schrecken verloren. Zu Unrecht, ich weiss, wie die Menschen, die lebenslänglich Pillen schlucken müssen, unter den Nebenwirkungen leiden. In Schwarzafrika hingegen ist der Schrecken von Aids allgegenwärtig. Nach Einschätzungen der Uno werden bis im Jahr 2010 mehr als fünfzehn Millionen Halb- oder Vollwaisen südlich der Sahara leben. Ein unermessliches Drama! Meist sind es die Kinder, die ihre Eltern bis zum Tod pflegen, oft sind sie selbst schon infiziert und werden deshalb ausgegrenzt, auch von der öffentlichen Schule. Ich weiss, dass der Bau meiner Schule im Kongo nicht mehr als einer dieser berühmten Tropfen auf den heissen Stein sein wird. Aber ein Tropfen, der verdampft, ist besser als gar kein Tropfen. In Schwarzafrika schliessen nur sechs von zehn Kindern die Grundschule ab. Wenn es dank mir nur eines mehr ist, habe ich schon gewonnen.»

Das Leben bei den Pflegeeltern bringt für Junior tief greifende Veränderungen. Die unmittelbarste ist folgende: Ab sofort trägt er keinen Schlüssel mehr um den Hals. Seine neuen Eltern arbeiten zwar beide, aber sie haben ein Au-pair-Mädchen, das immer anwesend ist, wenn sie nicht zu Hause sind.

Viel später, bei seinem ersten Praktikum als Lehrer, wird ihn der Anblick von zwei Kindern in seiner Klasse, die einen Schlüssel um den Hals tragen, mit einer Wucht treffen, die er so nicht erwartet hätte. Er verfasste «La clef autour du cou», «Schlüsselkind».

La clef autour du cou

Tu marches seul dans la rue les mains dans les poches
A la sortie des classes les parents viennent chercher leur mioche
En chemin tu t'attardes et zones dans les magasins
A neuf ans c'est devenu ton train-train quotidien
Arrivé devant ton immeuble tu mates pour voir s'il y a de la lumière
A quoi bon tu sais bien qu'en haut c'est le désert
Grimpant deux à deux les marches te voilà devant la porte
Autour de ton cou une ficelle que tu portes
Un bruit de cliquetis la clef tourne pour ouvrir
A l'intérieur le silence personne pour t'accueillir
Comme d'hab ton sac à dos tu le déposes dans un coin
Pour briser ce maudit silence t'allumes la télé au coin

Mates tout ce que tu veux zappes sur la télécommande
Seul maître à bord ici c'est toi qui commandes
Aucune règle aucune limite t'es livré à toi-même
Tes devoirs au petit matin tu les feras avec un peu de veine

La clef autour du cou
C'est ainsi qu'ont grandi beaucoup
La clef autour du cou
On n'avait pas le choix voyez-vous
La clef autour du cou
On se débrouillait malgré tout

Cette clef métallique aussi froide et seule que toi
Ta tristesse tu la caches un homme ça ne pleure pas
Malgré ton jeune âge tu joues au petit homme
Te réveillant comme un grand lorsque le réveil sonne
T'habilles en toute hâte pour arriver à l'heure
Sur la table le matin point de croissants beurre
En classe tu évites les questionnements sur la maison
Tu t'inventes une histoire un scénario différent
Passant souvent pour le clown de la classe
Si seulement ils savaient en réalité ce qui se passe
Tu préfères garder tout au fond de toi
Ils ne comprendraient pas pourquoi papa mama
Ne sont pas toujours là
Les week-end en famille ça n'existe pas
Midi sonne tout le monde rentre manger
Les enfants rejoignent joyeusement leur foyer

Certains restent et dînent à la cantine
Chez toi tu prépares du pain et du cervelas à la cuisine
Je ne te raconte pas tout cela pour éveiller ta pitié
Mais pour t'expliquer les lacunes que nous avons dûs combler
Combien de gamins portent seul cette clef
Ouvrant l'antre d'une autre réalité
Ce fardeau si lourd à leur petit cou si fragile
Difficile de se faire à cet âge autant de bile
Comment peut-on encore se concentrer sur l'école
Préférant s'évader des heures sur la console
Evacuer ce poids sur de si petites épaules
Ce n'est pas que les parents ont abandonné leur rôle
La vie ... à manger ... les enfants ça coûte cher
Surtout lorsqu'on gagne 3000 francs de salaire
Un salaire ne suffirait pas pour vivre
Donc à la solitude des enfants on livre
De ce fonctionnement à 200 km/h les enfants en sont les victimes
La clef autour du cou comme la corde est un crime

Schlüsselkind

Du bist allein auf der Strasse, die Hände in den Taschen vergraben
Eltern holen ihre Kinder von der Schule ab
Du trödelst auf dem Weg, streifst durch die Läden
Mit neun Jahren sieht so dein Alltag aus
Vor deinem Haus spähst du nach oben, ob Licht brennt

Was solls, du weisst genau, dass dort nur Öde ist
Du nimmst zwei Stufen auf einmal und stehst vor der Tür
Den Schlüssel an einer Schnur um den Hals
Mit einem Klicken öffnet sich das Schloss
Die Wohnung ist still, niemand da, um dich zu begrüssen
Wie immer schmeisst du den Rucksack in eine Ecke
Schaltest die Kiste ein, um die verdammte Stille zu brechen
Schaust, was du willst, zappst dich durchs Programm
Du bist der Käptn an Bord, du befiehlst
Keine Regeln, keine Grenzen, du bist dir selbst überlassen
Die Hausaufgaben machst du morgen früh, wenns reicht

Den Schlüssel um den Hals
Da wird man schnell erwachsen
Den Schlüssel um den Hals
Da bleibt dir keine grosse Wahl
Den Schlüssel um den Hals
Schlägt man sich irgendwie durch

Das Metall des Schlüssels, kalt und allein wie du
Du versteckst deine Traurigkeit, ein Mann weint nicht
Trotz deiner Jugend machst du auf Mann
Stehst auf wie ein Grosser, sobald der Wecker schrillt
Ziehst dich eilig an, um nicht zu spät zu kommen
Keine Butterhörnchen auf dem Küchentisch
In der Schule weichst du Fragen nach zu Hause aus
Erfindest Geschichten, malst ein anderes Bild
Gibst dich nicht selten als Clown der Klasse

Wenn die wüssten, wie es wirklich um dich steht
Du behältst lieber alles für dich
Sie würden nicht verstehen, warum die Eltern
Nicht immer da sind
Es keine Wochenenden mit der Familie gibt
Es läutet Mittag, alle gehen essen
Die meisten Kinder laufen fröhlich nach Hause
Einige bleiben, essen in der Kantine
Und du, du machst dir in der Küche ein Wurstbrot

Ich erzähl dir das alles nicht, um dein Mitleid zu wecken
Sondern, um dir unseren Nachholbedarf zu erklären
Wie viele Kinder tragen diesen Schlüssel allein
Diesen Schlüssel zum dunklen Eingang in eine andere Realität
Die Bürde ist zu schwer für ihren kleinen, zarten Hals
Es ist schwierig mit so vielen Sorgen in diesem Alter
Wie soll man sich da auf die Schule konzentrieren
Da nimmt man sich lieber mit der Playstation einen Fluchtweg
Schüttelt die Last von den schmalen Schultern
Es ist nicht so, dass die Eltern ihre Rolle vernachlässigt hätten
Das Leben ... das Essen ... die Kinder, das alles kostet Geld
Und wenn man nur 3000 Franken verdient
Reicht ein Lohn für eine Familie nicht aus
Deswegen werden die Kinder der Einsamkeit überlassen
Unser Hochgeschwindigkeitsleben fordert Opfer, die Kinder
Die Schnur mit dem Schlüssel um den Hals ist ein Verbrechen

Junior trägt heute wieder einen Schlüssel um den Hals. Er hat ihn in einem Modegeschäft gesehen, er hing an einer Kette, nur ein billiges Mode-Accessoire. Junior sah es und weiss bis heute nicht, warum ihn damals der Gedanke ansprang: «Es gibt für jedes Problem eine Lösung!» Er legte sich die Kette um den Hals, seither liegt der Schlüssel, der dem einer alten Schublade nachgeahmt ist, auf seiner Brust und erinnert ihn ständig daran, dass es immer ein Vorwärts gibt. Auch dann, wenn die Schmerzen fast nicht auszuhalten sind. Erinnert ihn daran, dass, wenn man es schafft, Fuss vor Fuss zu setzen, der Schmerz langsam, aber sicher zahmer wird. Erinnert ihn daran, dass am Ende eines jeden Tunnels immer ein Lichtschein blitzt. «Auch deshalb», sagt er unvermittelt, «erzähle ich meine Geschichte, weil ich Mut machen will. Wenn ich nur einem einzigen Menschen dabei helfen kann, wieder aufzustehen, dann ist das schon genug.»

Weiss Junior, dass die Homöopathie Gleiches mit Gleichem behandelt? Kann er sich vorstellen, dass er sein Schlüsseltrauma mit einem Schlüssel um den Hals kuriert? Er lacht herzlich, als er dies hört: «Darüber habe ich nie nachgedacht, aber ja, warum nicht? Der Schlüssel – dies als kleiner Tipp – ist übrigens ein perfektes Mittel zum Flirten. Unzählige Frauen haben mich gefragt, ob dies der Schlüssel zu meinem Herzen sei. Sie konnten nicht wissen, dass damals, als ich ihn umlegte, mein Herz nicht verschlossen war, sondern in Scherben lag. Aber davon mag ich jetzt noch nicht erzählen. Reden wir zuerst von meinen Pflegeeltern; wenn ich mit ihnen spreche, nenne ich sie bei ihren Vornamen. Wenn ich aber jemandem von ihnen erzähle, dann spreche ich nicht von Monique und Philippe, sondern von meiner Mutter und meinem Vater. Meine richtigen Eltern nannte und nenne ich Mama und Papa.»

Die Chefin im Haus, meint Junior, sei ganz klar Monique, seine Mutter, was Philippe, seinem Vater, mehr als recht sei. «Die beiden harmonieren bestens. Mein Vater erinnert mich in vielen Dingen an einen etwas zerstreuten Professor. Meine Mutter ist eine sehr warmherzige, unglaublich menschenfreundliche Frau. Eine, deren Tür für alle offen steht. So hat sie einmal einen Mann mit nach Hause gebracht, der verbotenerweise auf der Autobahn Autostopp gemacht hatte und den natürlich niemand mitnehmen wollte. Logischerweise blieb er über Nacht. Er war nicht der einzige Fremde, den wir beherbergten. Bei uns gingen immer viele Menschen ein und aus. Auch mein Vater brachte immer wieder Autostopper mit nach Hause, was wohl daher rührt, dass er beruflich lange in Afrika lebte und es dort üblich war, weniger Privilegierte, die kein Auto besassen und zu Fuss gehen mussten, mitzunehmen. Einmal kümmerten sich meine Eltern auch liebevoll um einen jungen Mann aus Bangladesch. Warum er in der Schweiz war, wie sie ihn kennen gelernt hatten, das weiss ich nicht. Ich weiss nur, dass er seine ganze Familie verloren und Schreckliches durchgemacht hatte. Sie nahmen ihn bei uns auf, bis es ihm wieder besser ging. Danach kehrte er in sein Heimatland zurück, verliebte sich dort, heiratete. Sein grösster Wunsch war, dass meine Mutter bei der Feier dabei sein würde, also stieg sie ins Flugzeug.»

Als Junior und seine beiden Brüder in der Pflegefamilie ankommen, ist der Start in ein neues Leben für alle schwer. Auf der einen Seite müssen sich die drei Manizaos in einem völlig fremden Umfeld zurechtfinden, auf der anderen muss sich die Pflegefamilie von einem Tag auf den anderen mit drei neuen Mitgliedern auseinandersetzen.

Monique und Philippe haben nun nicht mehr nur fünf Kinder, sie haben acht. Pierre, der Älteste, ist 22 Jahre alt und steht kurz vor dem

Wegzug nach Genf, wo er eine Pilotenausbildung machen wird. Dann kommen Junior, zwölf, Marta, zehn – auch sie ein Pflegekind –, dann Claire und Arnaud, beide neun, Ruedi, sechs, Anne, vier, und schliesslich das Nesthäkchen Flaminia, knappe zwei Jahre alt. Junior nennt sie «ma petite Flami». «Meine kleine Flami». «Wir mochten uns auf Anhieb. Und dies absolut gegenseitig. Sie, ein süsses, kleines Kind, war die Person, die mir die Kraft gab, mich zu integrieren, denn ich wollte ihr Bruder sein und war stolz darauf, sie meine kleine Schwester nennen zu können.»

Junior kümmert sich rührend um Flaminia. Er trägt sie stundenlang herum, erzählt ihr Geschichten, setzt sich zu ihr auf den Boden, um mit ihr zu spielen, lässt sie auf seinem Rücken reiten. Es sind seine glücklichen Momente. Es gibt auch die anderen. Trotzdem: Junior weint nie. Auch dann nicht, wenn er allein ist. Er findet, dafür sei er viel zu gross.

Wann immer er kann, geht er in das Quartier zurück, in dem er aufgewachsen ist, trifft dort seine alten Freunde, spielt Fussball mit ihnen, fühlt sich daheim. Es gibt Nächte, da träumt er, er sei wieder in der alten Wohnung und Astrid und Gilbert, Mama und Papa, seien auch dort, freuten sich, dass er nach Hause kommt. Das Leben in der Pflegefamilie ist zu Beginn ein Leben bei Fremden. Er möchte das Rad der Zeit zurückdrehen, möchte nicht bei Weissen wohnen müssen, möchte wieder afrikanisch essen können, möchte – ja sogar das – lieber wieder mit dem Schlüssel um den Hals zur Schule gehen. Und dann all die vielen Schwestern! Zwölf Jahre lang hatte er keine, nun hat er plötzlich vier. Die beiden kleinen wären kein Problem gewesen, aber die beiden älteren mit ihren neun und zehn Jahren bedeuten schon eine rechte Herausforderung für ihn.

Es vergeht ein gutes Jahr, bis Junior realisiert, dass er gar keine andere Wahl hat, als die neue Situation zu akzeptieren. Dabei helfen ihm neben Flaminia auch – Bücher! Eine ganze Wand voll. Junior steht – als er sie zum ersten Mal sieht – gebannt davor. Dann endlich getraut er sich zu fragen, ob er eins aus dem Regal nehmen darf. Er dreht und wendet es in seinen Händen, schlägt die Seiten auf, liest, klappt es wieder zu, stellt es an seinen Platz zurück. Am meisten faszinieren ihn die Lexika. Er findet darin die ganze Welt. Verliert sich vom Buchstaben A wie Astronaut bis zum Buchstaben Z wie Zeus, liest querbeet, lernt viel dabei, ist begeistert davon, dass Lesen Spass machen kann. «Meine Leselust machte vor der Pflichtlektüre der Schule aber nach wie vor Halt. Ich fand sie schlichtweg langweilig.»

Junior wird besser in der Schule, das hat nicht nur damit zu tun, dass er das Lesen entdeckt hat, sondern vor allem wohl mit dem Umstand, dass er die fünfte Klasse wiederholt und sein neuer Lehrer ihm nicht nur viel Verständnis entgegenbringt, sondern auch sehr lebendig unterrichtet. Im Übrigen hat Philippe, sein neuer Vater, entschieden, es sei Schluss damit, zwei Sportarten gleichzeitig zu betreiben – Junior ist nicht nur ein begeisterter Fussballspieler, sondern auch ein begabter Leichtathlet –, er müsse sich für eins von beidem entscheiden. Junior wählt Fussball, dies, obwohl er einmal – kurz vor Astrids Tod – bei einem Fünfkampf eine Silbermedaille gewonnen hat. Sie hängt heute an der Wand seiner kleinen Wohnung.

Philippe erzieht streng, allerdings nie mit der Hand. Geduldig bittet er seine Kinder wieder und wieder – Abend für Abend –, beim Essen die Ellbogen nicht aufzustützen, den Rücken gerade zu halten, die Gabel zum Mund und nicht den Mund zur Gabel zu führen und diesen beim Kauen geschlossen zu halten. Er achtet darauf, dass die

Kinder, bevor sie sich selbst nachschenken, die Gläser der anderen füllen. Dass sie nicht den Ärmel des Pullovers, sondern die Serviette benutzen, nach dem Essen sitzen bleiben, bis alle fertig sind, und beim Abräumen helfen. «Irgendwann realisierte ich, wie glücklich ich ihn machen konnte, wenn ich mich an seine Anweisungen hielt. Trotzdem habe ich mich manchmal masslos über seine Regeln aufgeregt. Heute bin ich ihm sehr dankbar dafür, dass er mir all das beigebracht hat. Meine Pflegeeltern wollten sehr bewusst, dass wir gewisse Dinge lernen, gleichzeitig waren sie aber auch darauf bedacht, dass wir unseren Ursprung nicht vergessen.»

Zu diesem Ursprung gehört auch Juniors Tante Berthe in Paris. Monique und Philippe tun alles, damit der Kontakt zu ihr bestehen bleibt. Junior weiss, dass Tante Berthe sich überlegt hatte, die drei Söhne ihrer Schwester zu sich zu nehmen, und es ihr sehr schwerfiel, dies nicht zu tun. «Allerdings war das klug von ihr, denn erstens hätte ihr das Geld für drei zusätzliche Kinder hinten und vorne nicht gereicht, zweitens hätten wir wohl unsere Schweizer Niederlassungsbewilligung, die wir inzwischen hatten, verloren, und drittens wäre es für uns schlimm gewesen, auch noch alle unseren damaligen Freunde vermissen zu müssen.» Kurz steht noch die Idee zur Debatte, dass sie nur den Jüngsten, Ruedi, nach Paris holt. Zusammen mit Monique und Philippe entscheidet sie sich aber dagegen. «Ich weiss nicht, wie ich einen Umzug nach Paris oder die Trennung von Ruedi psychisch verkraftet hätte. Das heisst, ich weiss es. Es wäre mir nicht wirklich gut bekommen.»

Arnaud und Ruedi finden sich – jünger, wie sie sind – in der neuen Familie schneller zurecht als Junior. Zu der Erziehung der neuen Eltern bekommen sie aber auch immer die Autorität ihres grossen Bruders zu spüren. «Wenn ich etwas für sie entschied, dann gab es keine Widerrede. Und wenn sie doch redeten, dann hörte ich ihnen einfach nicht zu. Ich fühlte mich für meine beiden Brüder verantwortlich, und dementsprechend handelte ich auch. Fertig. Aus. Schluss. Arnaud hat mir erst vor kurzem vorgehalten, ich hätte mich nie darum gekümmert, was er von einer Sache gehalten oder was für eine Meinung er gehabt habe. Rückblickend tut mir das leid. Aber es war einfach so, dass ich das Gefühl hatte, die Rolle meines verstorbenen Vaters übernehmen zu müssen. Und wenn ich ehrlich bin, dann ist es heute noch – ein bisschen – so. Das hat mit meinem Charakter zu tun. Ich habe ein grosses Verantwortungsgefühl. Hinzu kommt, dass ich, wenn ich mir mal eine Meinung über etwas gebildet habe, derart davon überzeugt bin, dass es schon sehr gute Argumente braucht, um mich für das Gegenteil zu gewinnen.» Junior lacht: «Ich wurde wohl nicht umsonst Pädagoge.»

Von seinen leiblichen Eltern hatte Junior gelernt: Ein Mann weint nicht. Ein Mann klagt nicht. Ein Mann geht immer den direkten Weg. Bei den Pflegeeltern lernt er: Ein Mann kann weinen, ein Mann kann klagen, ein Mann kann Umwege machen. Er habe, sagt er, zwei Seiten in sich. Er könne warmherzig und offen sein, aber auch sehr kühl und reserviert. «Das Gefühl, stark sein zu müssen und keine Schwächen zeigen zu dürfen, begleitet mich nach wie vor, aber da bin ich wohl nicht der einzige Mann auf dieser Erde. Und stark zu sein, hat ja auch durchaus seine guten Seiten. So sage ich immer Nein zu Drogen. Gut, als Teenager habe ich ab und zu zu viel getrunken, etwas, was ich heute nicht mehr tue. Dabei mag helfen, dass mir Alkohol nicht sehr schmeckt. Als Kind habe ich auch schon mal einen Kaugummi gestohlen und – na ja, den Stoppknopf im Lift, den habe ich auch gedrückt und den einen oder anderen Lehrer sehr bewusst geärgert, das auch. Ein Engel war ich nicht. Aber – wirklich etwas anstellen, das konnte ich nicht. Nicht, als mein Papa noch lebte, und erst recht nicht, als er tot war.»

Junior ist dreizehn, als seine Pflegeeltern ihn in den Sommerferien für drei Wochen auf einen Bauernhof in den Jura schicken. «Sie wollten, dass wir Kinder erfahren, was es heisst, arbeiten zu müssen. Jedes von uns musste in den Ferien etwas tun. Später half ich auch mal einem Bäcker-Konditor. Beide Erfahrungen zeigten mir, dass ich nicht wirklich der Handwerker bin.»

Es passiert nach den ersten beiden Wochen Landdienst. Es passiert beim Heuwenden. Der Bruder des Bauers sticht Junior versehentlich die Heugabel ins rechte Knie, zieht sie wieder heraus. Man sieht zwei Einstiche, sonst nichts. Kein Blut. Die Bäuerin desinfiziert die verletzte Stelle, schickt Junior auf sein Zimmer, meint, er solle sich dort etwas ausruhen. Die nächsten Tage hinkt Junior. So, dass ihn der Bauer zum Arzt bringt. Dieser schaut sich das Knie an, beruhigt. Sieben Tage später holt Monique Junior ab, sie bemerkt sein Hinken, sieht sich das Knie an. Auch sie sagt, das werde schon wieder.

Kaum zu Hause, beginnt ein pochender, brennender Schmerz. Das Knie schwillt an. Jeden Tag ein bisschen mehr. Junior bekommt Angst. Er, der in einer Arztfamilie lebt, bittet seine Mutter, zu einem Arzt gehen zu dürfen. Philippe ist auf einer Weiterbildung. Monique meldet ihn bei einem Kollegen an. Junior bekommt sofort einen Termin. Er geht alleine hin, schliesslich ist er schon gross. Nachdem der Arzt sich das Knie angeschaut hat, holt er eine lange dicke Nadel. Als Junior sie sieht, möchte er klein sein und so schnell wie möglich wieder weg. Er bleibt. Der Arzt punktiert, zieht Eiter aus dem Knie, veranlasst die sofortige Hospitalisierung. Dort werden Junior links und rechts vom Knie Kanülen gesteckt. Durch die eine fliesst steriles, klares Wasser hinein, durch die andere fliesst es, trüb und alles andere als keimfrei, wieder ab. Eine sogenannte Spül-Saug-Drainage, die man heute nicht mehr macht. Zusätzlich erhält Junior eine Infusion mit Antibiotika. Als Monique in sein Zimmer kommt, ist sie sehr bleich. Volle drei Wochen dauert es, bis die drohende Blutvergiftung gebannt ist und Junior das Krankenhaus wieder verlassen darf. «Heute weiss ich, dass Eltern, die Ärzte sind, bei ihren Kindern eher mal etwas verharmlosen. So gesehen, spricht die Tatsache, dass meine Mutter den Ernst der Lage nicht erkannt hatte, dafür, wie sehr sie mich bereits als ihren Sohn akzeptierte.»

Als Junior nach Hause kommt, hat das neue Schuljahr längst begonnen. Er hat es – in erster Linie dank seinem guten Fünft- und Sechstklasslehrer – in die Sekundarschule geschafft. Trotzdem stand schon vor dem Unfall mit dem Knie fest, dass er sein erstes Jahr der Sekundarschule nicht in Bulle, sondern in einem Institut im Wallis machen würde. Damals hat er nicht richtig begriffen, warum, heute weiss er, dass seine Eltern ein bisschen Luft brauchten. «Ich war damals schon recht anstrengend. Nachträglich gesehen, war es eine optimale Lösung. Nicht nur für meine Eltern, auch für mich, den Pubertierenden.»

Junior hat schnell einen guten Kontakt zu seinen Mitschülern. Sie sind nett, nie – kein einziges Mal – wird er mit Rassismus konfrontiert.

«Es herrschte ein ganz spezielles Ambiente in dieser Schule. Freundschaftlich, und doch bekamen wir klare Grenzen gesetzt. Dazu gehörte auch: Hausaufgaben sind nicht da, um sie zu vergessen, sondern um sie zu erledigen! Aber man befahl uns das nicht einfach so,

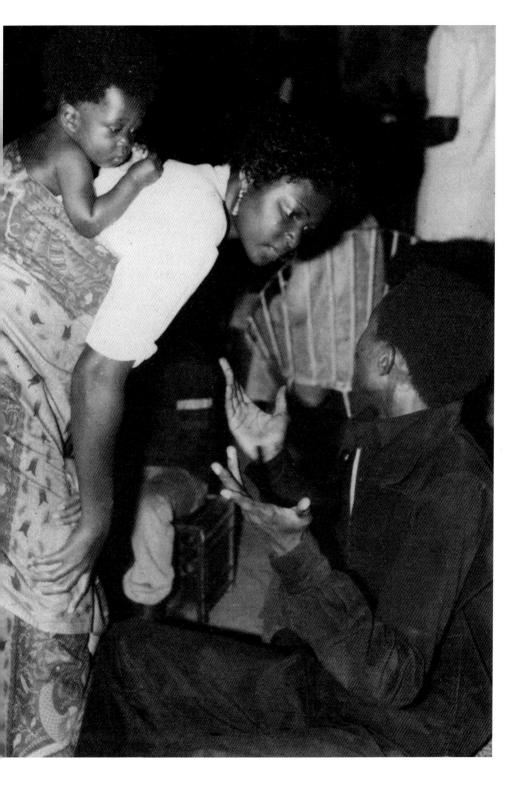

Vorherige Seite: Junior überstand die ersten zwölf Monate. Seine Eltern, die bereits zwei Kinder verloren hatten, atmeten auf.

Das Leben in der Schweiz wurde bald so normal, wie das Leben in der Schweiz für eine afrikanische Familie normal werden kann.

Junior – hier neben Arnaud – hasste seine Jacke wegen ihrer Farbe: Pink! «Grosszügigerweise» verschenkte er sie und bekam im nächsten Winter eine in Grün.

Nach dem Tod seines Vaters fand Junior eine Kartonschachtel mit Fotos: Arnaud und er im Bett, die beiden beim Musikhören, Junior beim Naschen und auf seiner Lieblingsschaukel.

Rechte Seite: Zu heiraten war nicht einfach, denn Astrid und Gilbert kamen aus verschiedener Stämmen. So etwas konnte nicht gut gehen. Aber die beiden wollten das Gegenteil beweisen und aus Liebe heiraten. Nicht aus Zwang.

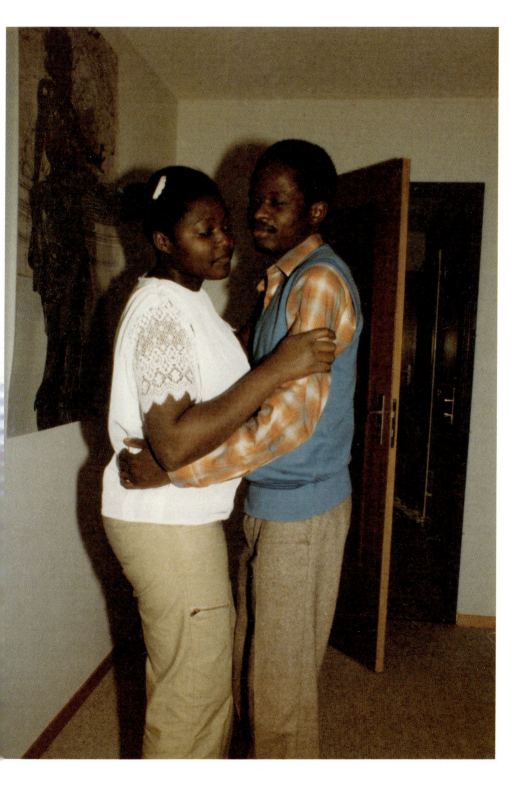

Die Manizaos bezogen eine kleine Wohnung in einem Wohnblock und versuchten sich einzugliedern. Junior wollte Fussballstar werden. Genau wie Arnaud auch.

Der Schule konnte Junior lange nichts abgewinnen. Er verweigerte die Hausaufgaben, sie langweilten ihn.

Die Mister-Schweiz-Wahl

inke Seite: Die Adidas-Schuhe waren ein Geschenk seines Vaters, das er in Paris für seinen
einen Sohn gekauft und in den Kongo geschickt hatte. Als seine Mutter mit Junior flüchtete,
ar er ihnen schon entwachsen.

olgende vier Seiten: Bei der Sichtung der eingegangenen Bewerbungen sind es die bei-
elegten Bilder, die entscheidend sind. Junior wurde folgerichtig wegen seiner perfekt aus-
eleuchteten und professionellen Fotos an das Mister-Schweiz-Casting eingeladen.

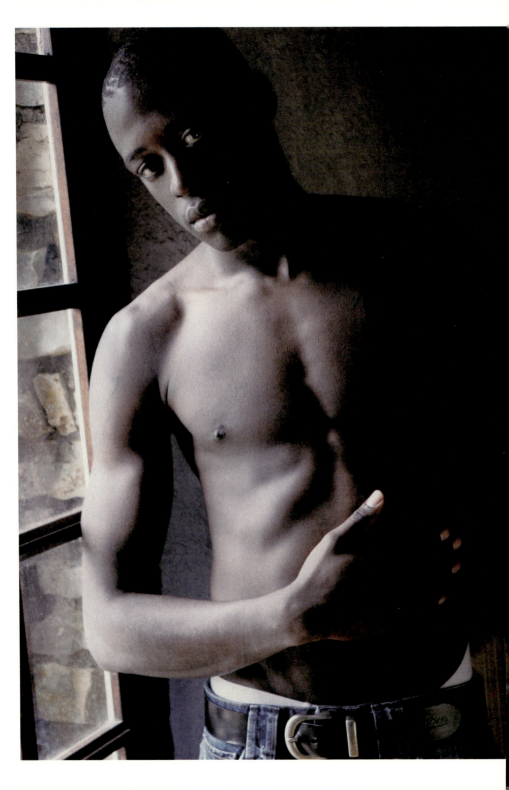

Als sich Junior dem Publikum in Huttwil präsentiert, wird er von Rechtsextremen mit gestrecktem Mittelfinger und wüstem Gezeter empfangen. Fallen, meint er, sei nur dann ein Problem, wenn man nicht die Kraft finde, wieder aufzustehen.

Morgens um halb sieben schon bittet die Choreografin Grazia Covre die Männer, nett, aber bestimmt, für ein «lockeres Footing» an den Strand.

rs Brülisauer von der Mister-Schweiz-Organisation nimmt die Ehre gerne wahr, den echzehn attraktiven Finalisten die schönste Frau Thailands vorzustellen.

Der Tagesplan ist prallvoll: Frühstück, Fotoshooting, Interviews, Mittagessen, Pause, Fernsehaufnahmen, Krafttraining, ein Treffen mit thailändischen Schulkindern, Abendessen.

Was die Mister-Schweiz-Organisation sucht, ist gutes Aussehen, gepaart mit Charakter, sowie eine gewisse Verankerung im Leben und die Fähigkeit, sich integrieren zu können.

Wenn Junior lacht, dann ist es, als löse sich die Melancholie, die ihn manchmal umgibt, in nichts auf. Dann ist in seinen tiefschwarzen Augen ein Leuchten, das von ganz tief innen kommt.

Unbestrittene Chefin ist Grazia Covre, die Choreografin. Fast doppelt so alt wie viele der sechzehn Finalisten und – dreimal so fit.

ie grösste Schwierigkeit bei der Sichtung der vielen eingegangenen Bewerbungen ist immer ieder die, keinen auszusortieren, der ein Mister Schweiz werden könnte.

Am Schluss übten die Finalisten nicht mehr für sich, sondern für Grazia. Sie wollten, dass ihre Choreografie am Wahlabend professionell rüberkam.

Die Tinte hebt sich nur schwach von seiner dunklen Haut ab, trotzdem sind die beiden Worte gut lesbar. Übersetzt werden sie mit «Nutze den Tag», «Pflücke den Tag» oder «Geniesse den Tag».

Nicht viele hätten gedacht, dass es in der Schweiz möglich ist, einen schwarzen Mann unter die ersten drei der Mister-Schweiz-Wahl zu bringen. Am allerwenigsten Junior selbst – er hatte gehofft, es unter die ersten acht zu schaffen.

Rechte Seite: Für einen Rapper ist der elegante Geschäftsanzug nicht unbedingt die ideale Garderobe – Junior meint dazu: «Um zu rappen, muss ich aber auch nicht in XXL-Hosen rumlaufen.»

Mit viel Witz, Geist und Charme beantwortet Junior am Abend der Wahl die erste der beiden Fragen, die ihm auf dem «heissen Stuhl» gestellt werden.

Am Schluss sinds nur noch zwei, die – dicht nebeneinander – im Rampenlicht stehen: links der mit den kongolesischen Wurzeln, rechts der mit den spanischen.

«Der neue Mister Schweiz heisst ...», die Moderatorin macht eine lange Pause, «... Miiiiiguel aan Juuuuuan!» Junior gratuliert als Erster, herzlich und mit ehrlicher Freude.

Junior ist sich sicher: «Ich habe Türen aufgestossen für die, die nach mir kommen.» Und das macht ihn mindestens ebenso glücklich, wie ihn der Titel hätte glücklich machen können.

sondern lehrte uns, wie es am einfachsten und effizientesten geht. Nach der Schule hatten wir Zeit für uns. Vor dem Abendessen machten wir einen ersten Teil unserer Aufgaben und setzten uns anschliessend wieder hin, um den Rest zu erledigen. Wir durften einander helfen, und immer gab es einen Lehrer, der all unsere Fragen – wenn wir welche hatten – beantwortete. Das Beste war, dass wir gleichzeitig am Arbeiten waren, so hatte ich nie das Gefühl, etwas zu verpassen. Am Morgen kontrollierten wir nochmals und versicherten uns, dass alles perfekt erledigt war. Danach frühstückten wir, dann gings zur Schule. Diese Struktur ermöglichte es mir, herauszufinden, dass mir lernen nicht nur Spass machte, sondern ich sogar gern zum Unterricht ging. Früher waren Pausen das Grösste, jetzt war es mir so ziemlich egal, wenn sie vorbei waren. Ich begriff, dass ich nicht dumm war.»

Das Institut heisst «Maya Joie» und liegt im hintersten Winkel eines verträumten Walliser Tales, des Val Ferret. Im kleinen Ort La Fouly, im Mont-Blanc-Gebiet. Wohin das Auge reicht, hohe Berge. Quasi vor der Haustüre liegt der Gletscher A Neuve. Jeden Tag wird zwei Stunden geturnt. Draussen. Immer und bei jeder Witterung. Junior ist am Anfang dispensiert. Sein Knie braucht Schonung.

«Heute wird ‹Maya Joie› gemischt geführt, damals waren nur Buben zugelassen. Es gab allerdings eine Ausnahme: die Tochter des Mathematikprofessors.»

In La Fouly wird Junior zum ersten Mal bewusst, dass er nicht nur Pech gehabt hat in seinem bisherigen Leben, sondern auch Glück. «Mir wurde klar, wie selbstverständlich wir drei in der neuen Familie aufgenommen worden waren und wie glücklich ich mich schätzen konnte, dass es eine solche Lösung gegeben hatte. Es war die Distanz, die mir half, alles klarer zu sehen. Es ist wie beim Zeitunglesen. Hält man sie zu nahe vors Gesicht, sieht man die einzelnen Buchstaben nicht. Ist sie zu weit weg, geht es einem ebenso. Zwischen Bulle und La Fouly lag für mich der perfekte Abstand, um alles glasklar zu sehen. Das Institut war eine riesige Chance – glücklicherweise wusste ich sie zu nutzen.»

Junior schreibt gute Prüfungen, wird besser und besser, ist wissbegierig. Schon das erste Zeugnis am Ende des ersten Semesters ist gut, das zweite am Ende des Schuljahres ist das beste seiner Klasse.

«Ich wäre gerne geblieben, ich mochte nicht nur das Dorf und die Umgebung, ich mochte auch die Walliser. Leider war es aber unmöglich, auch noch die zweite und dritte Klasse der Sekundarschule in La Fouly zu absolvieren, das war einfach zu teuer. Unsere Eltern bekamen für uns drei zwar einen finanziellen Zustupf von der Gemeinde, aber der reichte für keinerlei Extravaganzen. Wenn wir zum Beispiel in die Ferien reisten, dann bezahlten dies Mutter und Vater aus ihrer eigenen Tasche. Wir waren Pflegekinder, sie behandelten uns wie ihr eigenes Fleisch und Blut. Nie haben sie uns gesagt, wie glücklich wir sein könnten, dass sie uns bei sich aufgenommen hatten. Sie wissen, dass ich sie schätze, aber wirklich bedankt, nein, das habe ich mich nie. Auch das ist wohl ein Zeichen dafür, wie sehr sie zu meinen Eltern geworden sind. Es ist doch so: Eltern sind einfach da, machen ihren Job. Einen Job, der erst wirklich endet, wenn sie nicht mehr da sind. Erst dann realisieren wir, wie gut es gewesen wäre, mal zu danken für all das, was sie so selbstverständlich für einen getan haben, und wie wichtig es gewesen wäre, ihnen zu sagen: ‹Ich liebe euch!› Irgendwie haben wir das Gefühl, sie seien unsterblich. Ihr Leuchten wird uns erst in der Finsternis bewusst, die uns einholt, wenn ihr Licht erlöscht.»

Wieder in Bulle, beginnt Junior erste Raptexte zu schreiben und all das nach aussen zu tragen, was ihn bis jetzt beschäftigt hat. Zusammen mit zwei Afrikanern und zwei Asiaten – Freunden aus dem Quartier, in dem er, bis er zwölf war, gelebt hat – gründet er eine Rap-Band.

In seiner neuen Familie wird viel musiziert – jedes der Kinder spielt ein Instrument. Junior möchte Schlagzeug spielen, aber in der Musikschule lautet die Devise, wer nicht klein beginnt, kann nie gross werden, und so muss er zuerst mit einer Trommel üben. «Die Geduld, dies lange zu tun, hat mir dann allerdings gründlich gefehlt. Ich muss zwar auch beim Rappen üben, aber das kann ich tun, wo immer ich bin. Auch spätabends auf der Strasse, wenn ich vom Fitnesstraining heimspaziere, was mir zugegebenermassen immer mal wieder den einen oder anderen schiefen Blick einträgt.» Zum Rappen hat Junior die richtige Stimme. Tragend. Tief. Mit einem warmen Timbre.

Seinem Knie geht es nur langsam besser, richtig heil wird es nie mehr werden. Fussballspielen ist bald unmöglich, später versucht er es mit Basketball. Er mag die Sportarten, wo es zur Sache geht, wo man den Gegner spürt und Mann gegen Mann steht. Er ist auch als Basketballer gut. Aber das Knie macht nicht mit. Junior verlegt seine sportliche Tätigkeit auf Fitness und Krafttraining. Später wird sein Knie ihm ein «Dienstuntauglich» einbringen.

Dank dem schulischen Erfolg in La Fouly kann Junior die zweite Klasse der Sekundarschule in der progymnasialen Abteilung absolvieren. Es läuft gut. Im folgenden Schuljahr holen ihn die Probleme allerdings wieder ein. Warum, weiss Junior nicht, es läuft einfach nicht mehr. Als sich abzeichnet, dass er die Klasse wiederholen muss, nehmen ihn die Eltern aus der Schule und schicken ihn für zwei Monate nach Steyr. Eine kleine Stadt in Oberösterreich mit rund 39 000 Einwohnern. Sie liegt sehr malerisch am Zusammenfluss der beiden Flüsse Steyr und Enns. Dort soll Junior Deutsch lernen.

Er wohnt in einer Gastfamilie, deren Tochter eine Freundin hat, die sich Hals über Kopf in ihn verliebt. Was allerdings nicht auf Gegenseitigkeit beruht und sich auch nicht ändert, als sie eines Tages mit einem sehr kurzen Mini erscheint. Ob sie dazu Stöckelschuhe getragen hat, weiss Junior heute nicht mehr. «Ich habe nur den Mini gesehen, sie war etwas älter als ich, und ich war ziemlich überfordert, aber eben – alles andere als verliebt. Was wohl auch damit zusammenhing, dass ich schon kurz nach der Ankunft nur eines wollte: wieder heim. Ganz schnell wieder heim! Steyr lag damals, obwohl nur gerade gute acht Autofahrstunden von Bulle entfernt, direkt hinter dem Mond! So zumindest empfand ich es. Das hatte nichts mit der Sprache zu tun, das hatte damit zu tun, dass ich ganz offensichtlich der erste schwarze Junge war, der diesen Teil des Universums betreten hatte. Ich war ein Ausserirdischer. Und das 1996!»

In der Schule, einer katholischen Privatschule namens «St. Anna», geht es – aber sobald Junior die Strasse betritt, wird er angegafft, als hätte er die Ohren von Commander Spock, dem Ersten Offizier aus «Raumschiff Enterprise». Er zählt die Tage, bis er wieder nach Hause darf, ist viel in seinem Zimmer, liest oder schreibt Texte, ist froh, allein zu sein. Einmal sieht er Skinheads, bis sie ihn bemerken und auf ihn zugehen, hat er schon reagiert und ist im letzten Moment in einen davonfahrenden Bus gesprungen. Trotz allem lernt er Deutsch.

Endlich wieder zu Hause, findet er heraus, dass seine Rap-Band sich aufgelöst hat. Junior wird eine neue gründen. Mit dabei sein werden die zwei Afrikaner, die schon bei der ersten mitgemacht haben –

Claudino, ursprünglich aus Cap Verde, der mit elf Jahren in die Schweiz kam, und Pedro, der als Kleinkind aus Angola in die Schweiz einreiste. Auch Arnaud wird dazugehören. Die Band wird «La Rafal» heissen. Abgeleitet von «rafale», «Böe». Sie wird über Bulle hinaus bis nach Fribourg so bekannt werden, dass sie immer wieder engagiert wird. «Wir waren sieben. Alle schwarz. Wir waren zwischen vierzehn und siebzehn Jahre alt, unsere – meist weiblichen – Fans zwischen dreizehn und fünfzehn. Manchmal übten wir mehr, manchmal weniger, wir waren gut im Improvisieren. Ich glaube, dass unser Zusammenhalt und die Auftritte uns eine gute Struktur gaben. Als ich dann nach Fribourg ging, um zu studieren, sich Pedro in seine spätere Frau verliebte, die damals in Biel wohnte, und die Jüngeren ihre Lehre begannen, löste sich auch diese Gruppe auf.»

Das letzte Schuljahr zu wiederholen, war eine gute Idee – Lehrer und Lehrerinnen sind durchs Band weg sehr zufrieden mit ihm. Junior bekommt so gute Noten, dass er das Unwahrscheinliche zu denken wagt: Lehrer werden. Er schreibt sich zur Aufnahmeprüfung ans Lehrerseminar ein – besteht.

Das Seminar befindet sich in Fribourg. Er bittet seine Eltern in einem Gespräch, ausziehen zu dürfen. «Schon?», fragen sie. Junior erklärt, er wolle auf eigenen Beinen stehen. Nicht, weil er es bei ihnen nicht mehr schön fände, sondern einfach, weil er glaube, alleine leben zu können.

«Ich hatte nach wie vor Mühe, mich an gewisse Regeln im Haus zu halten. Ich war nun mal ein Schlüsselkind, hatte in all den Stunden, in denen ich mich alleine durchschlagen musste, meine eigenen Gewohnheiten entwickelt. Hatte in dieser Zeit gelernt, dass ich selbst wählen konnte zwischen bestehen oder versagen. Stehen bleiben oder weitergehen. Zuwarten oder handeln. Ich habe mich nie wegen meiner Vergangenheit bemitleidet, sondern habe immer versucht, mit meinem Schicksal nicht allzu sehr zu hadern. Ich hatte gelernt, dass meine Träume nicht Wirklichkeit werden, indem ich darauf warte, dass sie mir vom Himmel direkt vor die Füsse fallen, sondern indem ich etwas dafür tue. Das war meinen Eltern bewusst, sonst hätten sie mich wohl nicht so schnell ziehen lassen. Sie wussten, dass ich Entscheidungen treffen konnte, und sie glaubten daran, dass es die richtigen waren.»

Zusammen mit Juniors Vormund, den er bis jetzt nur selten gesehen hat, wird die Sache besprochen. Es wird entschieden, dass der Siebzehnjährige in ein Heim für Jugendliche zieht, wo er ein eigenes Zimmer hat, aber nach wie vor unter Aufsicht steht. Als er den Koffer packt, fällt es ihm dann doch schwerer als erwartet, sich zu verabschieden. Vor allem von Flaminia und seinen beiden Brüdern. Er fragt sich, ob er sie nicht irgendwie im Stich lässt.

Es stellt sich aber schnell heraus, dass die Verbindung zu der Familie bestehen bleibt. Die Eltern geben ihm klar zu verstehen, dass er nach wie vor ihr Sohn ist.

Monique und Philippe haben Junior, Arnaud, Ruedi und auch ihr viertes Pflegekind, Marta, bewusst nicht adoptiert. Alle vier haben ihre eigene Geschichte und einen Familiennamen, der sie an ihren Ursprung erinnert. Es war nicht nötig, ihnen diesen wegzunehmen, sie gehörten auch so dazu. Monique und Philippe haben sich überlegt, für Juniors Biografie aus ihrer Sicht zu erzählen, sich dann aber dagegen entschieden, denn: «Wir wollen unser Engagement in keiner Art und Weise an die grosse Glocke hängen. Was wir getan haben, war nicht ausserordentlich, sondern einfach nötig und selbstverständlich:

Die Buben brauchten für ihre weitere gute Entwicklung dringend ein neues Nest, also gaben wir ihnen eines.»

«Eigenartig ist», meint Junior, «wie sich die Beziehung zu meinen Eltern, nachdem ich in Fribourg lebte, verändert hat. Unsere Diskussionen zum Beispiel fanden auf einem anderen Niveau statt. Ich war kein Kind mehr, sondern – irgendwie – erwachsen geworden. Ich beobachtete dies auch, als Ruedi kürzlich ausgezogen ist. Gut, er mit zwanzig. Aber der Schritt weg von zu Hause hat aus ihm einen Mann gemacht. Es wird auch langsam Zeit, dass ich ihn nicht mehr als meinen ‹kleinen› Bruder ansehe, schliesslich überragt er mich längst um einige Zentimeter. Genau wie Arnaud auch. Inzwischen bin ich, der Älteste, der Kleinste von uns dreien.»

Das Seminar läuft gut, das Leben im Heim auch. Schon bald zeigt sich, dass Junior, wenn er will, die eigenen vier Wände beziehen kann. Mit achtzehn ist es so weit. Er findet ein kleines Studio, das ihm behagt. Zu dieser Zeit kennt er Florence schon, die beiden gehen in dieselbe Klasse. Er weiss noch nicht, dass sie seine grosse Liebe werden und er ihretwegen Jahre später Texte verfassen wird, die davon erzählen, was ihn die Liebe erleiden und erfahren liess.

«Meine Texte schreibe ich ausschliesslich von Hand. Nur so kann das, was ich denke, in die Worte einfliessen. Und nur so treiben die Worte, die ich schreibe, mein Denken weiter. Wenn ich zur Feder greife, ist es, als würde ich dem Blatt Leben einhauchen. Dabei werde ich mir Gefühlen bewusst, die ich davor nur vage gespürt habe. Das kann mich und meine Vergangenheit betreffen, das kann sich aber sehr wohl auch um die Gesellschaft drehen. Atmen wir nicht oft, ohne uns unserer Existenz bewusst zu sein? Sehen wir die kleinen, einfachen Dinge noch? Ist uns der Schein nicht wichtiger geworden als das

Sein? Ist er vielleicht sogar zu unserem Lebensinhalt geworden? Nehmen wir das Leben im Hier und Heute, das Jetzt, noch wichtig genug? Oder rennen wir der Vergangenheit hinterher und der Zukunft voraus? Möchten wir die Augen, die wir einmal geöffnet haben, lieber schnell wieder schliessen, um uns den Grausamkeiten, die in der Welt passieren, nicht stellen zu müssen? Wollte ich nicht auch schon aus Feigheit lieber blind bleiben? Leben wir in einer Welt, in der es als Schwäche gilt, Gefühle zu zeigen? Es stimmt, auch ich habe Mühe damit. Umso wichtiger ist das Schreiben für mich; dabei setze ich mich mit meinen Empfindungen und Erinnerungen auseinander, und das ist heilsam.» – Einem seiner wohl wichtigsten Texte gibt Junior den Titel «Prise de conscience», «Erkenntnis».

Prise de conscience

Le stylo glisse sur la feuille blanche
Des mots prennent forme c'est ainsi que ma vie prend un sens
Mes pensées mes espoirs sont inscrits noir sur blanc
Avec le temps tout devient plus sensé plus intelligent
Chaque ligne est une prise de conscience
Chaque ligne reflète ma souffrance
La peine de constater que le monde est gris
Et que même un sourire peut cacher de l'hypocrisie
A force d'avancer je me sens devancé par une autre réalité
Non pas celle que je voyais gamin
Mais celle dont on est tous empreints

Emprunt à la solitude à la lassitude à toutes sortes d'attitudes
On a beau faire des études
Mais les réponses ne sont pas toutes dans les livres
Quelquefois la mélancolie m'envahit je pars à la dérive
Serais-je issu d'une génération suicidaire
Malgré les progrès le nouveau millénaire je le vois amer
Il y a un manque certain de repères et de respect
On ne peut pas toujours accuser les parents de ce manque
    dans cette société
Celle-là même qui nous pousse à l'extrême qui en demande
    davantage
Combien de fois entend-on le mot je t'aime et le mot carnage
On ne pense plus qu'à faire du profit sur autrui
L'ego prend le dessus on rêve de télé reality
Les bons moments deviennent des rêves des souvenirs lointains
Le lendemain on ne se souvient plus de rien
Au réveil le cauchemar de tous les jours
On court on court après quoi on cherche toujours

Prise de conscience on meurt peu à peu tous en silence
La mélancolie envahit tous mes sens
T'es-tu déjà posé la question si ta vie a un sens ?
Je pense que dans ce monde l'amour est une carence

Loin d'être un mahatma ou un dalaï lama
J'essaie de faire le bien autour de moi
Dans la rue je croise des regards haineux
Des regards apeurés et peu de gens heureux

Pourtant me dit-on qu'en Suisse la vie est meilleur qu'ailleurs
Mais à force de tout avoir on passe à côté du meilleur
Trop pensent vivre le pire
Bien qu'il y ait tout pour réussir
On voit des copains d'enfance sombrer dans la folie
Beaucoup s'enfoncent dans l'alcool et le teshi
Ce pays a l'un des plus haut taux de suicide dans le monde
Est-ce normal que des jeunes sautent du haut des ponts
    ou se pendent?
J'aimerais redonner le sourire à certains leur tendre la main
Ce n'est pas un acte de pitié mais un geste pour son prochain
La violence ... une multitude ne connaissent que ce langage
Mais putain
Quand comprendront-ils qu'un poing fait plus de carnage
    que du bien?
Un grand nombre ne l'ont pas compris
Et continuent leurs conneries
Comme on me l'a souvent dit «réfléchis ... puis agis»
Prendre du recul peut faire parfois mal
Pourtant c'est ainsi qu'un acte brutal n'est plus banal
Il est peut-être vrai que je ne dis que des banalités
Si c'est le cas pourquoi tous ces meurtres on a point évités?

Ne dit-on pas qu'en vieillissant on devient plus mature
Mais combien continuent à foncer droit dans le mur
Ce mur dans lequel ils se cloisonnent depuis si longtemps
Il est devenu si haut qu'ils ne s'aperçoivent même plus
    qu'ils perdent leur temps

Un temps précieux qui pourrait servir à une prise de conscience
Plutôt que la patience les jeunes cultivent l'impatience
Pas à pas un bébé apprend à marcher
Bêtises sur bêtises un homme apprend à penser
Jour après jour nous prenons tous conscience de quelque chose
Notre femme à nos côtés lorsqu'on est morose
Nos amis toujours là à veiller sur nos arrières
La famille toujours plus fort à travers les galères
Le sourire me revient quand ces sentiments m'envahissent
Je me sens plus fort plus conquérant
Prêt à gravir des montagnes pour eux
Je tiens debout malgré ce monde désastreux
J'ai l'espoir qu'un jour nous aurons compris
La haine tue ... l'amour donne la vie

Erkenntnis

Der Stift gleitet über weisses Papier
Worte nehmen Form an und damit mein Leben Sinn
Meine Gedanken, meine Hoffnungen schwarz auf weiss
Mit der Zeit wird alles erkennbar, verständlich
Jede Zeile ein Schritt Richtung Erkenntnis
Jeder Zeile ein Spiegel meines Leidens
Widerwillig feststellen, dass die Welt grau ist
Und dass selbst hinter einem Lächeln Heuchelei sich verbergen
    kann

Beim Vorwärtsgehen werde ich von einer anderen Realität überholt
Nein, nicht von jener, die ich mir als Kind vorstellte
Sondern von jener, der wir alle ausgeliefert sind
Ausgeliefert der Einsamkeit, ausgeliefert dem Überdruss und anderem
Da kann man noch so lange studieren
Leider findet man längst nicht alle Antworten in den Büchern
Manchmal überkommt mich die Melancholie, stürze ich ab
Ich gehöre einer suizidgefährdeten Generation an
Trotz Fortschritten verspreche ich mir nicht viel vom neuen Jahrtausend
Es fehlt eindeutig an Orientierung und Respekt
Man kann nicht immer die Eltern für diesen Mangel in unserer Gesellschaft verantwortlich machen
Es ist die Gesellschaft, die uns ständig weiter zu Extremen treibt
Wie oft hört man das Wort ich liebe dich und wie oft das Wort Blutbad
Jeder will nur noch auf Kosten des anderen Profit machen
Das Ego schwingt obenauf, man wähnt sich in einer Reality-Show
Die guten Momente finden im Traum statt, werden zu fernen Erinnerungen
Am nächsten Tag erinnert man sich an nichts mehr
Und gleich beim Aufwachen der tägliche Albtraum
Man rennt dem hinterher, was man immer noch sucht

Ich erkenne, man stirbt ganz allmählich, in aller Stille
Melancholie lähmt alle meine Sinne

Hast du dich je gefragt, ob dein Leben einen Sinn hat?
Ich finde, dass auf dieser Welt Liebe Mangelware ist

Weit davon entfernt, ein Mahatma oder ein Dalai-Lama zu sein
Versuche ich, in meiner Umgebung Gutes zu tun
Auf der Strasse sehe ich Hass in den Augen
Und Angst und kaum glückliche Menschen
Dabei sagt man mir, in der Schweiz sei das Leben besser
    als anderswo
Und weil man alles hat, entgeht einem das Beste
Zu viele denken, dass sie Schlimmes durchmachen
Obwohl eigentlich alles da ist, um Erfolg zu haben
Man sieht Freunde aus Kindheitstagen, die an der Grenze
    zum Wahnsinn stehen
Viele stürzen ab in Alkohol oder Drogen
Dieses Land hat eine der höchsten Selbstmordraten der Welt
Ist es normal, wenn Jugendliche von Brücken springen,
    sich erhängen?
Gerne würde ich bei einigen ein Lächeln hervorlocken, ihnen
    die Hand reichen
Nicht aus Mitleid, sondern aus Nächstenliebe
Gewalt ... wie viele kennen nur diese Sprache
Aber verdammt
Wann werden sie verstehen, dass eine Faust mehr Unheil
    anrichtet, als Gutes zu tun?
So viele haben das nicht begriffen
Und fahren fort, Scheisse zu bauen
Wie sagt man – «Erst denken, dann handeln»

Es ist manchmal nicht einfach, Abstand zu nehmen
Aber nur so kann vermieden werden, dass Brutalität alltäglich wird
Vielleicht klingt das banal
Aber wenn es so banal ist, wieso kann man dann das Morden nicht verhindern?

Sagt man nicht, dass man mit dem Alter weiser wird
Aber wie viele laufen immer noch direkt in die Mauer
In diese Mauer, hinter der sie sich schon so lange einschliessen
Sie ist mittlerweile so hoch, dass sie nicht einmal merken, dass sie bloss ihre Zeit verschwenden
Wertvolle Zeit, in der sie Erkenntnis gewinnen könnten
Doch Ungeduld steht bei den Jungen höher im Kurs als Geduld
Schritt für Schritt lernt das Baby laufen
Dummheit für Dummheit lernt der Mensch denken
Jeden Tag wächst unsere Erkenntnis
Die Frau, die an unserer Seite bleibt, obwohl wir schlecht drauf sind
Die Freunde, die uns immer Rückendeckung geben
Die Familie, die durch Notlagen stärker wird
Mein Lächeln kehrt zurück, wenn ich an all das denke
Ich fühle mich gestärkt, unternehmungslustig
Bereit, alle Berge zu erklimmen für sie
Ich übe – den Schrecken der Welt zum Trotz – den aufrechten Gang
Ich hoffe, dass wir eines Tages wirklich begreifen
Hass tötet – es ist die Liebe, die uns Leben schenkt

Junior und Florence, die beiden angehenden Lehrer, die am Seminar dieselbe Klasse besuchen, mögen sich. Mehr nicht. Sie diskutieren viel, lernen manchmal zusammen, und da sie im selben Quartier wohnen, sehen sie sich auch in der Freizeit oft. Sie sind Studienkollegen. Nicht mehr. Nicht weniger. Es vergehen drei Jahre, bis Junior bemerkt, dass er Florence als Frau sehr schätzt. Er beginnt, ihre Nähe intensiver zu suchen. Das fällt Florence auf. Sie weicht nicht aus. Und dann passiert das, was der deutsche Schlagersänger Klaus Lage so schön formuliert hat: «Tausendmal berührt, tausendmal ist nix passiert, tausendundeine Nacht, und es hat Zoom gemacht.» Plötzlich waren sie da, die Schmetterlinge im Bauch, flatterten wild, aufgeregt, liessen sich nicht beruhigen. Erst recht nicht nach dem ersten Kuss.

Irgendwann sagt Florence zu Junior, ihr Vater würde ihn gerne kennen lernen. Junior, der bis jetzt nur kurze Beziehungen gehabt hat – die längste dauerte vier Monate – schluckt leer, begleitet sie nach Hause, stellt sich vor. Es ist eine gute Begegnung. Florence' Eltern sind liebenswert. Kurz darauf wird Florence – sie ist ein Jahr jünger als Junior – zwanzig. Zum Geburtstag überrascht er sie mit Ferien in Djerba. Ein Luxus, den er sich leisten kann, weil er zwischendurch auf dem Bau arbeitet.

Junior reist mit seinem Schweizer Pass. Er und seine beiden Brüder bekamen ihn ohne Schwierigkeiten. In Bulle kannte man die drei Manizaos. Natürlich mussten die Formalitäten erledigt werden, aber Fragen nach der Geburtsstunde der Schweiz oder den Kriegen der alten Eidgenossen mussten sie keine beantworten. Dass der Name Junior in Juniors Pass fehlt, ist denn auch nicht der Gemeinde Bulle zuzuschreiben. Junior war dort mit den Kindern der Beamten zur

Schule gegangen. Junior war kein Problem, sondern einfach Junior. Beim Kanton Fribourg hingegen meinte man, Junior müsse, wenn er so heissen wolle, erst beweisen, dass er so heisse. Nun, eine Geburtsurkunde fehlt. Bei der Hausgeburt in Kinshasa wurde keine ausgestellt. Und die Beweise, die Junior in Form von Zeugnissen und Briefen vorlegt, die genügen nicht. Also ist Junior Batumana Manizao von Stund an einfach Batumana Manizao. So steht es in seinem Pass, in seinem Führerausweis, selbst an seiner Türklingel.

«Ich muss dazu allerdings sagen, dass der Kanton etwas später doch noch einlenkte. Sie teilten mir mit, sie hätten sich entschlossen, Junior als Vornamen zu akzeptieren. Die Änderung koste mich allerdings 300 Franken. Inzwischen hatte ich gelernt, dass der Name nicht unbedingt im Pass stehen muss, sondern in den Köpfen meiner Freunde, und investierte das Geld lieber in Djerba – es war eine wunderbare Reise. Unsere Liebe wuchs von Tag zu Tag. Ich hatte mein Gleichgewicht gefunden. Und sogar eine neue Familie. Ihre Eltern mochten es, wenn wir zusammen vorbeischauten. Mit Florence erlebte ich Glücklichsein.»

Sie war es, die ihn beim Autostoppen erstaunt angeschaut und gemeint hatte: «Das stimmt, du bist ja schwarz.» Sie war es auch, die sich so wahnsinnig über folgende Geschichte aufregen konnte, dass Junior, als er sie zu Ende erzählt hat, schmunzeln muss: «Es war in Fribourg. Ich musste auf den Bus, und weil ich wusste, dass der bald abfahren würde, löste ich meine Fahrkarte nicht am Automaten, sondern – wie schon so oft – beim Chauffeur. Das heisst, ich wollte sie bei ihm kaufen, hatte das abgezählte Kleingeld bereits in der Hand. Der Chauffeur schaute mich jedoch an und sagte: ‹Das geht nicht, du musst dein Ticket, wie alle anderen auch, draussen lösen.› Ich erwiderte, ich wolle nicht aussteigen, weil ich befürchte, dass er ohne mich abfahren werde. Seine Augen wurden noch eine Spur kälter, als er meinte: ‹Von mir bekommst du kein Ticket.› Ich fragte ihn, ob ihm meine Nase nicht passe. Er ignorierte mich und verkaufte der Dame hinter mir eine Fahrkarte. Sie hatte noch nicht mal das nötige Kleingeld, er musste ihr auf eine Zehnernote rausgeben. Ich war sprachlos. Er forderte mich auf, jetzt endlich den Bus zu verlassen. Ich weigerte mich. Er stand auf und stiess mich auf die Strasse. Ich fiel hin, spürte Schmerz und Wut, versuchte aufzustehen, konnte aber nicht, weil er sich schon über mich gebeugt hatte, um mir einen Faustschlag zu verpassen. Ich wehrte diesen, so gut es ging, ab. Holte selbst aus, platzierte meine Rechte auf sein linkes Auge. Die Passanten blieben stehen, gafften. Zufällig kam ein Kollege vorbei. Er handelte. Begann, auf uns einzureden, trennte uns. Der Chauffeur rief über Funk die Polizei. Ich wurde festgenommen. Auf der Wache musste ich meine Schuhe ausziehen und alle meine Taschen leeren. Geld und Gurt, alles abgeben. Dann sperrte man mich in eine Zelle. Ich bat noch darum, mein Buch mitnehmen zu dürfen. Sie sagten Nein. Bevor sie meine Aussage aufnahmen, liessen sie mich zwei Stunden schmoren. Als ich ihnen alles erzählt hatte, durfte ich gehen. Kurz darauf musste ich vor dem Richter antraben. Ich wusste, ich war im Recht, also kam ich – ziemlich naiv – allein. Der Chauffeur kam mit seinem Rechtsanwalt. Wir mussten unsere Sicht der Dinge erzählen. Es kamen zwei völlig verschiedene Geschichten heraus. Er behauptete, ich hätte ihn bedroht. Als Genugtuung verlangte er 500 Franken. Er wolle diese, darauf legte er Wert, spenden. Zugunsten einer gemeinnützigen Organisation in ...»

– Junior macht eine Kunstpause –

«...Afrika! Um es kurz zu machen: Es gab dann noch einmal eine Verhandlung. Inzwischen hatte ich mit meinen Eltern geredet. Sie finanzierten mir einen Rechtsanwalt, der zwei Augenzeugen auftrieb. Das Ganze endete in einem Vergleich. Der Chauffeur zahlte seinen Anwalt. Meine Eltern meinen. Die Gerichtskosten wurden geteilt. Ich war damit nicht einverstanden, aber ich glaubte meinem Anwalt, der meinte, dass das Weiterziehen des Prozesses nicht nur viel Zeit, sondern auch viel Geld kosten würde, und das hatte ich nicht. Und meine Eltern wollte ich damit nicht länger belasten. Wären sie nicht so hilfsbereit gewesen, hätte ich mir keinen Anwalt leisten können und wäre wohl einfach schuldig gesprochen worden. Dem Chauffeur ging ich von da an aus dem Weg. Und wenn Florence dabei war, musste ich Acht geben, dass sie ihm nicht an den Kragen ging.»

Am Lehrerseminar wird Junior von seinem Biologielehrer im Unterricht einmal vor der ganzen Klasse mit einem starken afrikanischen Akzent angesprochen. Junior ist fassungslos. Ein Lehrer? – Warum? – Warum ein Lehrer? Als er sich wieder gefangen hat, fragt er: «Habe ich Sie nicht immer respektvoll behandelt?» Der Lehrer bleibt ihm die Antwort schuldig, aber der Ausrutscher scheint ihm doch peinlich zu sein. Entschuldigen wird er sich nie. Junior glaubt, dass es nicht Rassismus war, sondern einfach Gedankenlosigkeit.

«Ich bin Schweizer. Aber für die Menschen, die mich auf der Strasse sehen, bin ich Ausländer. Sofort. Auf den ersten Blick. Ein schwarzer Ausländer, das macht Sinn, ein schwarzer Schweizer? Rassismus begegne ich jeden Tag. Manchmal liegt er in einem Blick, manchmal bekomme ich ihn ganz offen zu spüren. So habe ich beispielsweise mal an einer Kasse meine Ware nicht einpacken können, weil der Herr vor mir die ganze Fläche belegt hatte. Ich bat ihn höflich, etwas Platz zu machen. Der Mann begann mich zu beschimpfen, sagte, das sei ja wieder mal so was von typisch, dass sich die Schwarzen hier benähmen, als wären sie bei sich zu Hause.

Einmal wurde ich auf der Strasse von einem älteren Herrn angesprochen. Ich blieb stehen, weil ich meinte, er wolle eine Auskunft von mir haben. Weit gefehlt, er wollte mir bloss mitteilen, dass er es unglaublich finde, dass einer wie ich es sich leisten könne, so elegante Kleider zu tragen. Nun – ich habe gelernt, auf solche Beleidigungen nicht zu reagieren, habe gelernt, damit zu leben. Manchmal gelingt mir das besser, manchmal schlechter.

Nehmen wir diesen kleinen Witz, den ich immer wieder höre: ‹Junior, du hast es gut, du kannst ja nicht rot werden.› Als ich ihn das erste Mal hörte, lachte ich auch. Beim zweiten Mal schmunzelte ich noch, beim hundertsten Mal verzog ich keine Miene mehr. In einer weissen Welt schwarz zu sein, ist ein Kampf. Jeden Tag. Es ist ein Kampf, um Arbeit zu finden, es ist ein Kampf, um eine Wohnung zu erhalten, es ist ein Kampf, um in eine Diskothek zu kommen. Letzteres hat sich aufgrund meiner Teilnahme an der Mister-Schweiz-Wahl allerdings ziemlich schnell geändert. Aber ist das fair? Nur weil man mein Foto in den Medien sah?

Ich habe in meinem Leben viele sympathische Menschen getroffen. Auf diese konzentriere ich mich. Die anderen sollen in ihrer Ignoranz leben. Es ist nicht meine Aufgabe, sie zu ändern. Früher machte mich Rassismus traurig, heute versuche ich, ihm mit meiner Musik zu begegnen. Eine Nationalität zu haben, bedeutet in erster Linie, eine Identität zu haben. Und Identität, das ist etwas viel, viel Komplizierteres als bloss die Farbe der Haut. Identität setzt sich zusammen aus Erziehung, aus Heimatgefühl, aus Kultur, aus Sprache und – vielleicht auch – aus dem, was man gerne isst. Wobei, wenn es danach ginge, wäre ich nicht Schweizer, sondern käme aus dem Schlaraffenland – ich liebe Süssigkeiten über alles. Ziehe ein Eis jeder Rösti und Schokolade jedem Braten vor. Ich könnte ohne Probleme nur von Schleckereien leben.»

Genau das tut er in seinen Ferien in Djerba. Dort würden zwar auch Luft und Liebe genügen, aber die tunesischen Süssigkeiten wie Dattelkuchen und Mandelcreme und die von Honig triefenden Biskuits verführen ihn derart, dass er – wieder zu Hause – als Erstes etwas abspecken muss.

Die Ferien waren himmlisch. Die Beziehung bleibt es. Eines Tages eröffnet Florence ihm, sie erwarte sein Baby. Junior lächelt: «Natürlich hatten wir das nicht geplant, aber wenn wir es nicht gewollt hätten, dann hätten wir wohl verhütet. Florence wollte die Pille aus medizinischen Gründen nicht nehmen, und jung, wie wir waren, verliessen wir uns unvorsichtigerweise voll und ganz auf die Aussage von Florence' Frauenarzt. Dieser hatte behauptet, sie werde – soweit er das beurteilen könne – nur sehr schwer schwanger.»

Das junge Paar entscheidet sich für das Kind und gegen eine Abtreibung. «Wir waren beide volljährig und wussten, dass wir mit unserem Studium noch vor dem Geburtstermin fertig sein würden. Wir liebten uns, konnten uns gut vorstellen, jetzt zusammenzuziehen. Heiraten wollten wir beide nicht. Eins nach dem anderen. Obwohl ich noch sehr jung war, bedeutete die Vorstellung, Vater zu werden, nicht das Ende der Welt für mich, im Gegenteil. Ich wollte sowieso eines Tages Kinder, warum also nicht jetzt schon das erste bekommen? Auch Florence war bereit, Mutter zu werden, kurzum – wir waren glückliche zukünftige Eltern.»

Die beiden suchen eine passende Wohnung, ziehen zusammen. Florence ist im dritten Monat schwanger, als der Arzt ihr nach einem Ultraschalluntersuch mitteilt, die Nackenfalte des Kindes deute auf eine Chromosomenstörung, zum Beispiel auf das Down-Syndrom, hin. Er empfiehlt eine Chorionzottenbiopsie – die Entnahme und Untersuchung von Bestandteilen der späteren Plazenta –, die würde Gewissheit bringen.

«Als mir Florence erzählte, wir bekämen eventuell ein behindertes Kind, war mir, als würde ich den Boden unter den Füssen verlieren. Die Zeit, bis wir das Resultat in Händen hielten, war kaum auszuhalten. Dann – pures Glück: Das Baby war, soweit man das sehen konnte, kerngesund. Ein Junge.»

Als der Bauch langsam wächst, bekommen sie die ersten Strampelhöschen geschenkt, sie kaufen sich ein Buch mit Vornamen, überlegen sich, wie sie das Kinderzimmer einrichten wollen. Dann kommt der Moment, wo Florence Juniors Hand auf ihren Bauch legt und leise sagt: «Fühl!» «Es war eine ganze zarte Bewegung, die mich an den Schlag eines Schmetterlingflügels erinnerte. Ich war hin und weg.» Kurz darauf haben die beiden den passenden Namen für ihr Kind gefunden: Kyllian.

«Kyllian gefiel uns beiden auf Anhieb. Der Name hat einen guten Klang, nicht zu hart, nicht zu weich, zudem hörte man ihn damals nur selten. Er kommt aus dem Keltischen und bedeut ‹Kämpfer›. Nun war alles bereit, wir warteten auf die Geburt.»

Es ist mitten in der Nacht, als Florence über starke Schmerzen im Bauch klagt, sie ist im sechsten Monat. Junior telefoniert seinen Eltern, entschuldigt sich, dass er sie weckt, bittet um Rat. Philippe sagt, es könne sich um frühzeitige Wehen handeln, er müsse Florence so schnell wie möglich ins Krankenhaus bringen. Junior bestellt ein Taxi, geht auf die Strasse, um es abzufangen und dann Florence zu holen. Es dauert. Es dauert ihm zu lang. Viel zu lang. Da sieht er, wie ein Mann in ein Auto steigt, er spricht ihn an, schildert die Umstände, bittet um Hilfe. Der Mann winkt ab, sagt, er habe Dringenderes zu tun und das Krankenhaus sei ja sowieso ganz nah, steigt ein, knallt die Autotür zu und fährt los. Es stimmt. Das Krankenhaus liegt nur gut fünf Autominuten weit weg.

In der Hoffnung, das Taxi komme bald, holt er Florence. Als sie wieder auf der Strasse stehen, biegt es um die Ecke. Im Krankenhaus angekommen, müssen sie in der Notaufnahme warten, bis sich endlich jemand um sie kümmert. Sie werden angewiesen, in die Gynäkologie hinaufzugehen. Diese scheint leer zu sein. Junior ruft, ob denn niemand da sei. Florence legt sich schmerzgekrümmt auf den Boden. Junior jagt den Gang auf und ab, schreit, wird lauter und lauter. Als endlich eine Krankenschwester auftaucht, schimpft sie, er solle nicht so einen Krach schlagen. Junior erklärt, bei seiner Freundin hätten wohl die Wehen eingesetzt. Die Krankenschwester führt die beiden in ein Wartezimmer.

Bis endlich eine Gynäkologin aufgetrieben wird, dauert es ewig: Es ist eine sehr junge Assistentin, die von der Situation ganz offensichtlich überfordert ist. Sie untersucht Florence, diagnostiziert, dass der Muttermund bereits so weit geöffnet ist, dass die Geburt nicht aufgehalten werden kann. Das Baby, teilt sie dem Paar unbekümmert mit, werde diese wohl kaum überleben, denn die Lungen seien in diesem Stadium der Schwangerschaft noch zu wenig ausgebildet. Ihre Worte sind wie Peitschenhiebe, Junior möchte sie fragen, ob sie ein Herz habe und wenn ja, ob es schlage. Er tut es nicht, sein Denken ist ausgefüllt mit: «Nicht auch das noch, bitte nicht auch noch Kyllian. Bitte, bitte, nicht!»

Junior informiert Florence' Eltern, ihre beste Freundin und telefoniert auch noch einmal mit Philippe und Monique. Es geht nicht lange, da sind sie alle im Spital, um den beiden beizustehen.

Florence bittet Junior, das Gebärzimmer, in das man sie gebracht hat, zu verlassen. Sie möchte nicht, dass er mit ansehen muss, wie sein Kind zur Welt kommt, um zu sterben. Junior sitzt, zusammen mit den anderen, während der Geburt draussen vor der Tür. Sein Kopf, seine Brust, sein Bauch, alles schmerzt. Die Geburt dauert acht Stunden.

«Unser Sohn, unser Kyllian, wurde am 28. April 2002 geboren. Er schaffte es nicht, zu atmen. Mehr möchte ich nicht erzählen. Nur das noch: Dieses Mal konnte ich Abschied nehmen, ich hielt Kyllian, unser winzig kleines Baby in den Armen.»

Kyllian wird untersucht, eine Erklärung für das, was passiert ist, wird nicht gefunden. Junior denkt heute noch: «Hätte der Mann mit dem Auto nicht Dringenderes zu tun gehabt, wäre das Taxi schneller vor Ort gewesen, hätte die Notaufnahme besser funktioniert, hätte ich auf dem Gang der gynäkologischen Abteilung nicht erst um Hilfe schreien müssen – dann hätte, wer weiss, die Geburt vielleicht noch gestoppt werden können.»

Zum Trauern bleibt Florence und Junior nicht viel Zeit, sie stehen kurz vor ihrem Abschlussexamen. Beide bestehen.

Nach den Prüfungen, fallen sie in ein Loch. Florence weint viel. Junior ist zwar unendlich traurig, zeigt dies seiner Freundin aber nicht. Er will stark sein für sie. Will sie nicht mit seiner Trauer belasten.

«Florence hat Kyllian in sich getragen, sie hat gespürt, wie er grösser wurde, wie er in ihr gestrampelt hat. Was war mein Schmerz im

Gegensatz zu ihrem? Ich konnte ihr nur helfen, indem ich stark war. Auch ich habe viel geweint, aber nur dann, wenn sie mich nicht sah.»

Glaubt er nicht, dass es für sie tröstend gewesen wäre, wenn er mit ihr geweint hätte? «Schwierige Frage. Wenn ich mit jemandem hätte weinen können, dann vielleicht mit meiner Mutter oder mit einem meiner Freunde. Aber mit Florence? Sie litt schon genug. Sie brauchte jemanden an ihrer Seite, der ihr zeigen konnte, dass es zu überstehen war.»

Dabei weiss Junior damals selbst nicht, wie er den Tod seines Sohnes aushalten soll. Erst Jahre später, erst nach der Trennung der beiden, wird Florence erfahren, wie sehr Junior unter Kyllians Tod gelitten hat. Er legt seine Trauer, seine Ohnmacht, seine unerfüllten Träume in den Text «Mon Etoile filante», «Meine Sternschnuppe». Als Florence ihn liest, sagt sie, es sei schön, zu erfahren, dass er dasselbe gefühlt habe und offenbar nach wie vor fühle wie sie.

Mon Etoile filante

Les jours les mois et les années passent
Malgré tout dans ma mémoire rien ne s'efface
J'aurais tant souhaité te voir grandir
Te voir faire tes premiers pas me lancer des sourires
J'aurais été fier même de te torcher le derrière
Fils tu sais la tristesse qui emplit mon cœur
Est à la proportion de tous ces instants de bonheur
La vie t'a enlevé à nous avec froideur

Il ne se passe pas un jour où je ne pense pas à toi
Un instant où je ne me pose pas la question pourquoi
Plus le temps avance moins je crois en Dieu
Ma foi a disparu le jour où t'as fermé les yeux
L'obscurité a envahi mon esprit
Toute la lumière s'est éteinte cette nuit
Celle où tout a debuté ou devrais-je dire fini
Combien de fois ai-je pensé mettre fin à mes jours
Je suis resté fort et debout par amour
Il n'existe pas de mots pour exprimer ce manque
J'ai du mal à le formuler même avec de l'encre

Mon bébé mon fils mon amour Kyllian
Mon étoile filante
Ce morceau t'est dédicacé

On n'oublie pas on vit avec ce poids
Pour certains tu n'as jamais existé juste un embryon de six mois
Moi je t'ai vu tu avais mon visage
Tu étais mon sosie mon image
Sur terre tu n'as fait qu'un court passage
Je n'ai toujours pas saisi le message
On me dit souvent que rien n'est dû au hasard
Si c'est vrai je suis toujours dans le brouillard
La vie est si imprévisible pourtant je le savais déjà
Elle m'avait déjà pris pour cible je méritais mieux que ça
Une autre partie de mon âme s'est envolée avec le sang de
    mon sang

Sortir ne m'amusait plus en une nuit j'ai pris dix ans
Dans la rue je croise des enfants qui auraient ton âge
Là tout se remet en marche tu réapparais dans les parages
Je nous vois nous baladant main dans la main
T'arrêtant brusquement en chemin
Me regardant du bas et du haut de ta petite voix
Me criant: «Papa, papa, papa»

Mon ange tous les jours je ressens ta présence
Mon ange même si ces souvenirs sont une souffrance
Ce rap est pour toi pour que tu ne finisses pas dans le néant
Je pense à tous ces parents qui ont perdu un enfant prématurément
Seuls eux peuvent comprendre en partie mon chagrin
C'est clair à chacun le sien
Moi je vous confie le mien
Comme tu le sais ta mère et moi c'est fini
Mais tu resteras à jamais uni à nos vies
Je rencontrerais peut-être un jour quelqu'un
Une femme avec laquelle je referai un gamin
Mais sache fils que malgré tout tu resteras l'aîné
Tu es à jamais gravé dans mes pensées
Dans celles de ta mère aussi ne soit pas inquiet
Dors paisiblement pour l'éternité
Mon bébé repose en paix

Meine Sternschnuppe

Tage, Monate und Jahre vergehen
Und doch verblasst die Erinnerung nicht
Ich hätte dich so gerne aufwachsen sehen
Deine ersten Schritte, wie du mir zulächelst
Wäre auch stolz gewesen, dir die Windeln zu wechseln
Mein Sohn, weisst du, die Trauer in meinem Herzen ist
Ebenso gross wie das Glück all dieser Momente davor
Kalt hat das Leben dich uns entrissen
Kein Tag, an dem ich nicht an dich denke
Kein Moment, in dem ich mich nicht frage, warum
Je mehr Zeit verstreicht, desto weniger glaube ich an Gott
Mein Glaube entschwand an dem Tag, als du die Augen schlossest
Dunkelheit umfing mich
Alles Licht erlosch in jener Nacht
In jener Nacht, als alles begonnen oder besser gesagt aufgehört hat
Wie oft habe ich daran gedacht, meinem Leben ein Ende zu setzen
Aus Liebe habe ich widerstanden
Es gibt keine Worte, um zu beschreiben, wie sehr du mir fehlst
Nicht mal mit Tinte kann ich davon reden

Mein Kind, mein Sohn, mein lieber Kyllian
Meine Sternschnuppe
Dieses Stück ist nur für dich

Man vergisst nicht, man lebt mit dieser Last
Einige behaupten, du hättest nicht existiert, bloss ein Embryo
    von sechs Monaten
Aber ich habe dich gesehen, du hattest mein Gesicht
Du warst mein Ebenbild, mein Doppelgänger
Auf Erden warst du nur kurz – auf Durchreise
Ich habe es immer noch nicht ganz begriffen
Man sagt oft, es gebe keinen Zufall
Wenn das wahr ist, so tappe ich immer noch im Nebel
Das Leben ist unberechenbar, eigentlich wusste ich das
Es hatte mich bereits aufs Korn genommen, ich glaubte, Besseres
    verdient zu haben
Ein Teil meiner Seele hat sich mit dem Blut von meinem Blut
    verflüchtigt
Ausgehen sagt mir nichts mehr, in einer Nacht alterte ich
    um zehn Jahre
Wenn ich auf der Strasse Kindern begegne, deren Alter
    du hättest
Wird alles wieder aufgewühlt und du wirst gegenwärtig
Ich sehe uns Hand in Hand spazieren
Plötzlich bleibst du stehen
Guckst mich von unten herauf an und krähst, so laut du kannst
Mit deiner Kinderstimme: «Papa, Papa, Papa»

Mein Engel, täglich spüre ich deine Gegenwart
Mein Engel, auch wenn die Erinnerung schmerzt
Dieser Rap ist für dich, damit du nicht ins Nichts fällst
Ich denke an alle Eltern, die ein Kind vorzeitig verloren haben

Nur sie können meinen Schmerz nachempfinden
Klar, jedem der seine
Ich erzähle hier von meinem
Wie du weisst, ist es zwischen deiner Mutter und mir vorbei
Trotzdem bleibst du auf immer mit unseren Leben verbunden
Vielleicht lerne ich eines Tages jemanden kennen
Eine Frau, mit der zusammen ich wieder ein Kind haben werde
Aber du musst wissen, mein Sohn, du wirst mein erstes Kind
   bleiben
Du hast in meinem Herzen deinen festen Platz
Ebenso wie im Herzen deiner Mutter, keine Sorge
Schlaf ruhig in Ewigkeit
Mein Kind, ruhe in Frieden

Florence und Junior versuchen das Erlebte zu bewältigen. Jeder auf seine eigene Weise.

Junior zieht sich zurück. Ausgehen und Discobesuche haben ihm noch nie viel gesagt, jetzt tun sie es erst recht nicht mehr. Er ist viel und gern allein. Er schreibt sich an der Universität für Religionswissenschaften, Soziologie und Geschichte ein, etwas, was er sowieso machen wollte.

Florence tut das, was auch sie schon lange ins Auge gefasst hatte, sie lernt Salsa tanzen. Zu Hause ist es ihr oft zu eng, sie trifft ihre Freundinnen, will – muss – das Leben spüren! Sie mag nicht unterrichten, findet eine Stelle als Verkäuferin.

Die beiden sind sich bewusst, dass jedes für sich Zeit braucht. Sie haben davon gehört, dass Paare, die ein Kind verloren haben, sich danach oft trennen. Das versuchen sie zu verhindern. Sie geben Acht aufeinander, und doch zeichnet sich – je länger, je mehr – ab, dass sie den gemeinsamen Weg verlassen.

Junior ist fasziniert von seinem Studiengang. Am liebsten besucht er die Vorlesungen des Philosophen und Islamwissenschaftlers Tariq Ramadan. Laut dem amerikanischen Magazin «Time» zählt er zu den hundert wichtigsten Intellektuellen der Welt. Ramadan, Sohn einer ägyptischen Familie, die 1958 in die Schweiz emigrierte, wo Tariq vier Jahre später zur Welt kam und Schweizer wurde, lehrte fast zehn Jahre lang in Genf und Fribourg, bevor er im Jahr 2004 einen Lehrstuhl auf Lebenszeit an der katholischen Universität Notre Dame in South Bend, im US-Bundesstaat Indiana, erhielt. Den konnte er allerdings nicht antreten, weil ihm die US-Botschaft in Bern neun Tage vor seiner Abreise, zu der die ganze Familie bereit war, mitteilte, das Ministerium für Heimatsicherheit habe sein Visum zurückgezogen. Was den britischen Aussenminister Tony Blair, Hauptverbündeter der USA im Krieg gegen den Terror, nicht daran hinderte, ihn als Berater im Kampf gegen den islamistischen Extremismus zu rekrutieren. Tariq Ramadan ist eine sehr umstrittene Persönlichkeit, die mit ebenso viel Kritik wie Lob eingedeckt wird. Von den einen wird er als doppelzüngiger Islamist mit Kontakten zu Al-Qaida verschrien, von den anderen als renommierter Reformer des Islams gewürdigt.

«Tariq Ramadan hat mich während meines Studiums am meisten geprägt. Er dozierte nicht einfach, er suchte den Austausch mit uns Studenten. Nicht nur während der Vorlesungen. Er war auch danach immer für alle Fragen offen. Nie wurde er müde, uns Red und Antwort zu stehen. Er wollte uns nicht vermitteln, der Islam sei die beste aller Religionen, sondern war einfach darauf bedacht, uns Inputs zu geben, unser Denken anzuregen. Er vermittelte uns, wie kurzsichtig es ist, sich auf die eigene Kultur, die eigene Sichtweise, die eigene Religion zu beschränken, er lehrte uns, nicht nur eine Wirklichkeit zu sehen, sondern zu akzeptieren, dass es verschiedene Wirklichkeiten gibt. Er machte uns begreiflich, dass, wer sich immer nur in derselben Struktur bewegt, nicht über sich hinauswachsen kann. Tariq Ramadan ist ein Kosmopolit, einer, dessen Geist keine Grenzen kennt, dem aber, weil die breite Kultur, die er hat, vielen suspekt ist, Grenzen gesetzt werden. Er hat das Potenzial eines Nelson Mandela, eines Martin Luther King, eines Malcolm X. Es ist unglaublich, wie belesen dieser Mann ist, der selber über zwanzig Bücher verfasst hat. Ihm zuzuhören, war ein Genuss. Mit ihm zu diskutieren, ein Hochgenuss. Wenn echte Diskussionen entstehen, dann blühe ich auf. Ich liebe es, mit Ansichten konfrontiert zu werden, die nicht meine sind. Man wächst an der Auseinandersetzung. Davon bin ich derart überzeugt, dass es für mich manchmal sogar spannend ist, das Gegenteil von dem zu behaupten, was ich denke oder glaube, damit ich von meinem Diskussionspartner Impulse erhalte, die ich – wäre ich gleicher Meinung wie er – nie serviert bekäme.»

Religion interessiert Junior schon seit der Zeit, als er die Kinderbibel las. Und auch wenn er in seinem Rap «Meine Sternschnuppe» behauptet, je mehr Zeit verstreiche, desto weniger glaube er an Gott und sein Glaube sei an dem Tag verschwunden, an dem Kyllian die Augen geschlossen hat, ist er überzeugt davon, dass etwas existieren muss, das sich unserer Wahrnehmung entzieht, da sonst viele Dinge in unserem Leben gar keinen Sinn hätten.

«Wie oft sprechen wir von Zufall und müssen zugeben, dass das, was geschehen ist, perfekter nicht hätte geplant sein können. Rückblickend hat alles doch immer irgendwie seine Bedeutung. Wir pflanzen einen Samen in die Erde, und wenn wir ihm genug Zeit geben, springt er auf und spriesst. Jeden Morgen geht die Sonne auf und am Abend wieder unter. Die Erde dreht sich mit unglaublicher Präzision. Ein Baum, der im Herbst die Blätter verliert, bildet die Knospen für die neuen noch vor dem Winter. Das muss doch alles irgendwoher kommen. Gut, die Wissenschaftler sagen, dass alles wissenschaftlich zu erklären sei. Aber reicht das? Muss da nicht mehr sein? Bei uns nennt man es Gott. In anderen Religionen hat man einen anderen Namen dafür. Was mich stört, ist dieses Beharren der Religionen darauf, die Weisheit für sich gepachtet zu haben, die einzig richtige Kraft zu preisen. Diese verpflichtende und meist leider sture Sicht der Dinge stört mich enorm. Warum nicht etwas grosszügiger sein? Spricht man von Buddhismus, denkt man an Asien. Spricht man vom Islam, denkt man an die arabischen Länder. Spricht man vom Christentum, denkt man an Europa. Spricht man vom Judentum, denkt man an Israel, und der Hinduismus gehört zu Indien. An welche Religion denkt man, wenn man von Afrika spricht? Die Afrikaner wurden missioniert und bekehrt, weil ihre Naturreligionen als lächerlich und kindisch eingestuft worden sind. Afrikaner verehren Pflanzen, Tiere und magische Wesen. Am meisten aber ehren sie die Vorfahren. Ist es falsch, daran zu glauben, dass man, bevor man trinkt, einen Tropfen auf die Erde fallen lassen soll, damit die Menschen, die vor uns auf dieser Welt waren, etwas zu trinken haben? Das zeugt doch von Respekt dem Leben gegenüber! Die Religionen beeinflussen die Kulturen, und ihre Kenntnis erlaubt uns, ein Volk besser zu verstehen. Ich habe Religionswissenschaften studiert, weil ich das Bedürfnis hatte, besser zu verstehen, nein, mehr noch, es war eine enorme Neugierde. Ich wollte wissen, mehr wissen. Von unseren Ursprüngen erfahren. Erkennen, warum etwas wie ist. Ich hoffte, Antworten zu finden, und habe auch einige gefunden.»

Auch eine auf die Frage, warum Schwarze das Gefühl haben, weniger wert zu sein als Weisse? «Die Antwort auf diese Frage, die findet man nicht an den Universitäten, sondern in den afrikanischen Erzählungen. Nicht in den Büchern steht sie geschrieben, sondern ist eine mündliche Überlieferung, die in den verschiedensten Variationen auftaucht. Um zu verstehen, muss man wissen, dass Noah drei Söhne hatte. Sem, Japhet und Ham. Nach den biblischen Völkertafeln gilt Sem als Ur-Stammvater der ‹Semiten›, also der heutigen arabischen und hebräischen Völker, Japhet als Stammvater der ‹Japhetiten›, nämlich der Griechen und Europäer, und Ham als Stammvater der ‹Hamiten›, der Afrikaner, und damit als Ur-Vorfahre der Schwarzen. Die Geschichte wird in einer ihrer zahlreichen Varianten so überliefert: Noah errichtete einen Weinberg, trank zu viel und schlief ein. Nackt. Ham, der schwarze Sohn, sah dies, und statt Noahs Blösse zu bedecken, präsentierte er den schlafenden Vater, unbekleidet, wie dieser war, seinen beiden – weissen – Brüdern. Diese waren es, die – mit respektvoll abgewandtem Gesicht – den Vater bedeckten. Als Noah erwachte, segnete er seine Söhne Sem und Japhet und verfluchte Ham mitsamt seinen Nachkommen. Alttestamentarisch steht hinter diesem Fluch bestimmt ein anderer Beweggrund, aber wie auch immer, in Afrika wird die Geschichte vom schwarzen Sohn, der sich nicht gut benahm, wieder und wieder erzählt. Es gibt sogar eine Version – man glaubt es kaum –, die darin gipfelt, dass Noahs Fluch

Ham zum Sklaven machte, womit dann auch gleich noch das Sklaventum gerechtfertigt wäre.»

In Juniors dunklen Augen blitzt der Schalk, als er sagt: «Das nächste Mal, wenn ich im Kongo bin, werde ich dieser Geschichte allerdings eine andere entgegenhalten. Schliesslich gibt es eine Theorie, von der viele – auch Weisse – noch nie gehört haben und wonach der erste Mensch höchstwahrscheinlich schwarz war!»

Höchstwahrscheinlich? Nun, die Theorie scheint erhärtet zu sein, und zwar von verschiedenen Seiten: Die Wiege der Menschheit befindet sich laut Anthropologen aller Wahrscheinlichkeit nach in Ostafrika. Die Forscher reden dabei vom «Out of Africa»-Modell. Ein wichtiges Argument für den Ursprung des modernen Menschen in Afrika liefern auch Genetiker, deren Forschung ergab, dass alle Menschen auf eine gemeinsame Urmutter zurückzuführen sind, die vor etwas über 170 000 Jahren in Afrika gelebt haben muss. Auch Sprachwissenschaftler unterstützen diese Hypothese und führen den Ursprung der menschlichen Sprachen auf den Schwarzen Kontinent zurück. Nimmt man nun an, dass die Hautfarbe aller Menschen auf dem afrikanischen Kontinent Schwarz war, dann war der Homo sapiens sapiens, der doppelt weise (nicht weisse!) Mensch, ursprünglich also schwarz. Die Erklärung dafür, warum es mit der Zeit auch weniger dunkle und gar weisse Menschen gab, ist einfach: Pigmentpartikel, sogenannte Melanosome, geben der Haut ihre Farbe. In Afrika musste sich der Mensch vor den UV-Strahlen der Sonne schützen, also hat er sehr viel Melanosome entwickelt. Da die dunkle Haut in den nördlicheren Breitengraden, wo die Sonne nicht dieselbe Kraft hat, für die Aufnahme des Sonnenlichtes aber kontraproduktiv war – das lebenswichtige Vitamin D konnte nur schlecht produziert werden –, hat sich der Mensch im Laufe der Zeit angepasst. Die Haut, unser grösstes Organ, misst an ihrer allerdünnsten Stelle, am Augenlid, gerade mal 0,1 Millimeter. Es sind Zehntelsmillimeter, die einen Menschen zum Weissen oder zum Schwarzen machen – darunter, unter diesem Hauch von nichts, sind wir alle gleich.

Aber zurück zur Religion: «Ich bin katholisch, weil mein Papa katholisch war. Meine Mama war protestantisch. Ihr Vater war Pfarrer, das heisst, er ist es heute noch und steht in Kinshasa einer kleinen protestantischen Gemeinde vor. Er ist sehr strikt und trotz seiner siebzig Jahre noch bei bester Gesundheit und voll in Form. Etwas, das in Afrika nicht selbstverständlich ist.

Bei meinen Pflegeeltern ist es genau umgekehrt: Mein Vater ist protestantisch, meine Mutter katholisch. Sie wollten – und da gab es kein Pardon –, dass wir jeden Sonntagmorgen oder, wenn wir am Sonntag ausschlafen wollten, am Samstagabend die katholische Messe besuchten. Kirchen besuche ich heute nur noch, wenn mich ihre Architektur oder ihre Geschichte interessiert. Glaube spüre ich nicht in erster Linie in Gotteshäusern, sondern im Zwischenmenschlichen. Die Idee des Buddhismus, dass sich unsere Seelen mit anderen verbinden können, mehr noch, dass alles miteinander verbunden ist, die gefällt mir sehr. Was mir hingegen weniger gefällt, ist Folgendes: Im Buddhismus ist eines der Ziele des Lebens, uns von allem Leiden zu befreien, dazu gehört, Leidenschaft zu überwinden, da diese ein Begehren ist, das sich nur schwer steuern lässt und daher Leiden schafft. So gesehen ist es sicher richtig, dass wir nur dann wirklich frei sind, wenn wir die Leidenschaft überwunden haben. Aber der Versuch des Buddhismus, die Leidenschaft oder das Verlangen zu überwinden, indem emotionale Regungen oder gar Begehren stillgelegt werden, mag ich nicht. Ich liebe die Liebe und ich liebe es, das, was ich tue, mit Leidenschaft zu tun. Was mich am Buddhismus allerdings sehr fasziniert, ist die Auffassung, dass jede Handlung nicht nur nach aussen, sondern auch nach innen wirkt und somit auf uns selbst zurückfällt. Wenn ich also jemandem Schmerz zufüge, füge ich mir selbst Schmerz zu. Wie sehr dies stimmt, wird offensichtlich, wenn wir an Kriegsveteranen denken. Sie mussten töten und töteten dabei – sich selbst. Auch wer rassistisch denkt, behindert nicht nur den, den er verachtet, sondern hindert sich auch selber daran, auf dieser Welt vorwärtszukommen. Die Welt ist Bewegung, das Leben Entwicklung. Wer nicht mitgeht, wird vereinsamen. Man muss sich selber achten, um seine Mitmenschen respektieren zu können. Auch das Christentum kennt dies. Im Alten Testament steht in Mose 3, Kapitel 19, Vers 18: ‹Du sollst deinen Nächsten lieben wie dich selbst.› Das bedeutet nichts anderes als: Hasst man sich selber, so wird man diesen Hass auf andere übertragen und ihn von dort wieder zurückbekommen. Ich glaube daran, dass es sich lohnt, respektvoll zu leben. Nicht wegen dem Jenseits. Sondern wegen dem Diesseits, dem Hier und Heute! Das noch: Früher war ich davon überzeugt, dass wir nach dem Tod zu Staub werden. Heute denke ich anders. Was würde das Leben für einen Sinn haben, wenn unser Weinen, Fühlen, Lieben, Wachsen, Leiden, Lachen uns nicht weiterbringen würde in eine neue Dimension? Der Körper, das, was man sieht und anfassen kann, das wird vergehen, zu Staub werden. Die Seele aber – das, was uns ausmacht – nicht, die ist ebenso unfassbar wie unsterblich.»

Junior hat zwei Jahre seines Studiums hinter sich, als sich abzeichnet, dass Florence sich von ihm trennen wird. Um Schluss zu machen, findet sie nicht die richtigen Worte. Zum einen, weil es dafür nie die richtigen Worte gibt, zum anderen, weil sie ihn nach wie vor sehr gern hat. Sie braucht Luft, ihr ist alles zu eng geworden. Junior hat sich auf eine Zweisamkeit beschränkt, aus der sie sich befreien muss.

«Kyllians Tod, das Realisieren, dass unsere Beziehung sich zu verändern begann, meine Vergangenheit, das war alles plötzlich zu viel für mich. Ich klammerte, entwickelte eine Eifersucht, die so weit ging, dass sich meine Freunde nicht mehr getrauten, mit Florence zu sprechen. Rückblickend gesehen, hatte sie wohl keine andere Wahl – sie musste gehen. Als sie ihre Sachen zügelte, war mir, als würde mir das Herz aus dem Leib gerissen. Meine Eltern schauten an diesem Tag bei mir vorbei. Ich glaube, sie hatten Angst, ich könne mir etwas antun. Aber den Gedanken, mich selbst zu töten, den hatte ich nicht. Hauptsächlich wohl, weil ich Menschen um mich hatte, die mich auffingen. Eben sie – meine Eltern –, meine Geschwister, Pedro und Claudino und viele andere gute Freunde, die für mich da waren und mir halfen.»

Junior muss umziehen. Nicht nur weil in der gemeinsamen Wohnung zu viele Erinnerungen schmerzen, sondern auch, weil er sie alleine gar nicht mehr hätte finanzieren können. Er hat Glück, die beste Freundin von Florence kennt jemanden, der umzieht, und empfiehlt ihm, sich dort als Nachmieter zu melden. Der Vermieter ist einverstanden. Er zügelt, und die Welt bricht definitiv über ihm zusammen. Er kann nicht schlafen, weint viel. Die Uni besucht er nur noch sporadisch. Ohne die von seinem Hausarzt verordneten Antidepressiva und Schlafmittel geht gar nichts mehr. Er schreibt oft. Florence ist das Wort, das er dabei am meisten verwendet. Irgendwann wird ihm klar, dass es so nicht weitergehen kann und er professionelle Hilfe suchen muss.

Er setzt sich ans Telefon. Versucht nicht eine Nummer, auch nicht zwei, nein, er versucht es bei mindestens fünf, aber Psychologen wie Psychiater sind ausgebucht oder nicht erreichbar. Schliesslich erinnert er sich, dass die Uni einen psychologischen Dienst anbietet, und vereinbart dort einen Termin. Als er diesen wahrnehmen will, ist die Tür verschlossen. Der Psychologe hat ihn vergessen.

«Im ersten Moment dachte ich: Was soll das? Dann überlegte ich mir, dass dies wohl ein Zeichen dafür sei, alleine klarkommen zu müssen. Dass ich aus einer Mücke einen Elefanten machte und es wohl Menschen mit dringenderen Problemen gab als meinen. Ich hatte mir oft genug alleine geholfen, also entschied ich mich, mit meiner Selbsttherapie fortzufahren.»

Er schreibt und schreibt und schreibt. Nach und nach wird ihm bewusst, dass er zu sehr in der Vergangenheit lebt, dass er beginnen muss, sich ein Leben ohne Florence vorzustellen. Selbst wenn das so schwierig ist, wie sich den Tag ohne Nacht, den Himmel ohne Sterne, die Wüste ohne Wasser und das Meer ohne Sand vorzustellen.

Junior erkennt, dass ein bisschen Eifersucht okay ist, zu viel Eifersucht aber eine Besessenheit ist, die dem anderen die Luft abdrückt. Er realisiert, dass er Besitzansprüche gestellt hat und kein Mensch einen anderen besitzen kann. Dass ein Partner, eine Partnerin ein Individuum bleibt, mit dem man nicht verschmelzen kann, auch wenn man sich das noch so sehr wünscht. Er realisiert, dass er begonnen hatte, seine Eigenständigkeit aufzugeben. Mehr noch. Seine Träume. Er fragt sich, ob es das war, was Florence schliesslich zum Gehen veranlasst hatte: Er war nicht mehr der Junior, den sie kennen gelernt, sondern der, der seine Träume vergessen hatte. Er hatte zu viel von sich aufgegeben und zu viel von ihr haben wollen. Zwei kann nie eins geben, auch wenn man sich dieses Einssein – Eins! Sein! – noch so sehr wünscht.

Es wäre ein Leichtes für Junior, sich schnell in eine neue Beziehung zu stürzen. Zwei-, dreimal versucht er es, aber er spürt dabei, dass er ausweicht. In erster Linie sich selbst. Und er spürt, dass er keine neue Frau lieben kann, wenn er nach wie vor in die Frau seines Lebens, in Florence, verliebt ist.

Fast ein Jahr vergeht, bis er den Gedanken zulässt: «Es ist nicht die Vergangenheit, die mich blockiert. Ich bin es, der sich darin verschliesst.» In diesem Moment wird ihm bewusst, dass er Lust darauf hat, eines Tages wieder zu lachen.

«Ich realisierte, dass es keinen Sinn hat, über mein Schicksal zu weinen. Und es die Aufgabe jeden Lebens ist, sich zu entwickeln. Die Erkenntnis, dass die Trennung mir genau dies erlaubte, erschlug mich fast. Rückblickend gesehen, war die Trennung positiv, sie zwang mich, meinen Weg zu finden, meine Träume zuzulassen. Florence hatte sich in den Junior verliebt, der etwas wagt, der für seine Wünsche kämpft, der keine Angst hat, auf Neues zuzugehen, der Ideen zu verwirklichen sucht, von denen andere sagen, sie seien absolut, total verrückt, der daran glaubt, dass das Unmögliche möglich ist, wenn man es nur fest genug zu verwirklichen versucht. Florence verliess nicht diesen Junior, sie verliess einen, der daran dachte, den Studienabschluss zu machen, eines Tages vielleicht Mittelschullehrer zu werden, zu unterrichten, ein Haus zu bauen. Vor dem Haus einen hübschen Garten, hinter dem Haus eine Garage mit Mercedes. Florence hatte einen Junior verlassen, der angefangen hatte, seine Träume aufzugeben.»

Das Studium fällt Junior – trotz seiner vielen Absenzen – leicht. Die Professoren sind zufrieden mit ihm. Die Thematik interessiert ihn nach wie vor. Trotzdem: Nach drei Jahren bricht er es ab. Er hat das Gefühl, sich hinter seinem Studium zu verstecken. Er will nicht studieren, er will leben. Glück finden. Und auch wieder seine Träume. Modeln in Paris oder New York? Verrückt? Warum nicht? Seinen Rap auf CD pressen? Noch verrückter? Sich für die Mister-Romandie-Wahl anmelden? Warum nicht? Aufstehen! Endlich wieder aufstehen.

Zwischen dem, was er möchte, und dem, was er schon leisten kann, liegt noch ein weiter Weg, aber er hat sich aufgerappelt und lässt die Einsicht zu, dass Florence und er zu schnell hatten erwachsen werden wollen. Und nicht nur er seine Träume wiederentdecken muss, sondern wohl auch Florence genau dies tun wollte – die ihren wiederfinden.

«Es ging alles in allem fast zwei Jahre, bis ich Florence treffen konnte, ohne sie darum zu bitten, zurückzukommen. Als ich das letzte Mal mit ihr sprach, sagte sie mir, sie habe einen neuen Freund. Es tat nicht weh.»

Endlich stimmt der Titel des Textes, der die Essenz aller Texte ist, die er in dieser intensiven Zeit geschrieben hat, auch für ihn: «C'est fini», «Es ist vorbei».

C'est fini

Aujourd'hui encore je me couche sous nos draps
Dans notre lit devenu si grand si froid
Je sens encore ton odeur disparaissant peu à peu
Sur ton oreiller il reste encore des cheveux

Cette belle chevelure que j'aimais tellement caresser
Tout ceci n'est plus qu'une histoire à conjuguer au passé
La nuit je ne dors plus dans ma tête c'est l'enfer
Pour enfin fermer les yeux j'avale des somnifères
Il n'y a plus que dans les rêves que je retrouve le bonheur
Au réveil comme un gamin je pleure
La réalité est devenue un véritable cauchemar
Dans notre appart je fais des va-et-vient tel un zonard
Je n'arrive toujours pas à réaliser que t'es partie
Pourtant je croyais que toi et moi c'était pour la vie
Tu me disais que rien n'était jamais acquis
J'en ai pas tenu compte et à présent j'en paie le prix
Notre amour je le voyais si bon, si grand, si puissant
On avait je croyais surmonté le pire moment
Quelle désillusion lorsque t'es partie chez tes parents
Comme un naïf j'ai cru que ce n'était qu'une étape
Ça fait mal lorsque la vérité tape

Ces dernières paroles grattées du bout de ma plume
Sont pour toi mon sucre dans ma marée d'amertume
Petit à petit je me renferme je me meurs
C'est fini «je n'ai plus d'amour dans le cœur»

Froidement tu m'as dit «bébé, c'est fini»
Une telle phrase sortant de ta bouche m'a meurtri
Tout d'un seul coup c'est effondré tel un château de cartes
Ça fait mal de se ramasser une telle claque
Grâce à toi ma vie avait pris un tout autre virage

C'est difficile de tourner aussi sèchement une page
Toute cette lueur dans tes magnifiques yeux avait disparu
Comment as-tu pu être avec moi aussi crue
Me dire que si tu devais rester ça serait par pitié
Pour toi je suis allé jusqu'à mettre de côté ma fierté
Je te demandais juste d'avoir encore un peu de patience
Comme réponse à cela t'es allée jusqu'à briser ma confiance
Ton impatience a pris le dessus sur tes sentiments
Il y a quelques mois tu me disais encore m'aimer pleinement
Je relis tes petits mots d'amour en bas signés ta princesse
Tout ceci ne fait qu'agrandir ma tristesse

Mes bras autour de toi sont devenus une prison
Les je t'aime de ma bouche sont devenus étouffants
Mes caresses ne te faisaient même plus vibrer
C'était devenu un simple geste journalier
Ton corps n'ondulait plus pour moi
Toute ta sensualité était réservée pour la salsa
Tous ces regards sur ton corps me rendaient fou
A force je suis même devenu possessif jaloux
Au point d'aller jusqu'à en perdre ma personnalité
Moi qui n'aspirais qu'à une vie pleine de tranquillité
Impossible pour toi de supporter la stabilité
J'ai espéré trop de choses à l'avance
Toi et moi c'était plus qu'une banale romance
Face à cette avance t'as préféré prendre tes distances
T'aurais fait une mère magnifique pour nos enfants
J'aurais tant souhaité qu'ils héritent de ton tempérament

Mais ta vie en a voulu tout autrement
Sur l'amour je ne me fais plus d'illusions
Je t'aime trop pour te laisser partir
Trop pour te retenir
Trop pour te voir souffrir
Voilà tout a été fait et défait
Je cicatrise gentiment ma plaie
Ceci est un message d'adieu
Le dernier message entre nous deux
Celui que tu aimeras sera le plus heureux
Que tout dans ton avenir aille pour le mieux
Avec toi j'aurais de moins en moins de contacts
Je garderai en moi nos moments magiques intacts

Es ist vorbei

Heute lege ich mich noch einmal zwischen unsere Decken
In unser Bett, das so gross und so kalt geworden ist
Noch hab ich deinen Duft in der Nase, er verflüchtigt
    sich langsam
Auf deinem Kissen liegen noch Haare von dir
Dein wunderbares Haar, das ich so gerne streichelte
All das gehört der Vergangenheit an
Nachts schlafe ich nicht mehr, Tumult in meinem Kopf
Ich schlucke Pillen für eine Mütze Schlaf
Glück findet für mich nur noch im Traum statt

Beim Aufwachen weine ich wie ein Kind
Die Realität ist zum Albtraum geworden
In unserer Wohnung tigere ich auf und ab, heimatlos
Kann immer noch nicht fassen, dass du gegangen bist
Ich glaubte, du und ich, das sei fürs Leben
Du sagtest, nichts sei für immer
Ich hatte das zu wenig ernst genommen, jetzt zahl ich den Preis
Unsere Liebe schien mir so gut, so gross, so stark
Ich glaubte, dass wir den schlimmsten Moment überstanden
    hätten
Welche Enttäuschung, als du zu deinen Eltern gezogen bist
Wie naiv von mir zu glauben, dass es nur vorübergehend sei
Es tut weh, wenn die Wirklichkeit einen einholt

Diese letzten Worte, die meine Feder hinkratzt
Sind für dich, das Süsse in meinem Meer von Bitterkeit
Nach und nach verschliesse ich mich, gehe dem Ende entgegen
Es ist vorbei, «keine Liebe mehr in meinem Herzen»

Kalt sagtest du zu mir: «Baby, es ist vorbei»
Diese Worte aus deinem Mund zerrissen mir das Herz
Auf einen Schlag fiel alles zusammen wie ein Kartenhaus
Nicht einfach, sich nach einem solchen Schlag aufzurappeln
Dank dir hatte mein Leben eine andere Wendung genommen
Ich kann jetzt nicht einfach zur Tagesordnung übergehen
Verschwunden das Strahlen aus deinen wunderschönen Augen
Wie konntest du nur so grausam mit mir umgehen
Wenn du bliebest, dann nur aus Mitleid, sagtest du

Für dich hatte ich sogar meinen Stolz überwunden
Ich bat dich um nur noch ein bisschen Geduld
Als Antwort bist du bis zum Vertrauensbruch gegangen
Deine Ungeduld war stärker als deine Gefühle
Noch vor wenigen Monaten behauptetest du, mich sehr zu lieben
Ich lese noch mal deine Liebesbriefe, unterzeichnet mit deine
    Prinzessin
Was mich nur noch trauriger macht

Meine Arme um dich wurden zu einem Gefängnis
Meine Liebesschwüre erstickten dich
Meine Zärtlichkeiten erregten dich nicht mehr
Waren zur Alltagsgeste verkommen
Dein Körper bewegte sich nicht mehr für mich
Deine ganze Sinnlichkeit gehörte nun dem Salsa
All die Blicke auf deinen Körper machten mich wahnsinnig
Mit der Zeit wurde ich besitzergreifend, eifersüchtig
Bis ich mich selbst kaum mehr wiedererkannte
Ich, der ich nur ein ruhiges Leben suchte
Solche Stabilität war unerträglich für dich
Ich hatte im Voraus zu viel erhofft
Du und ich, das war mehr als eine simple Romanze
Gegenüber solchen Ansprüchen hast du dich verwahrt
Du wärst unseren Kindern eine wunderbare Mutter gewesen
Ich hätte mir so gewünscht, dass sie dein Temperament erben
Aber dein Leben hatte anderes vor
Über die Liebe mache ich mir keine Illusionen mehr
Ich liebe dich zu sehr, um dich gehen zu lassen

Zu sehr, um dich zurückzuhalten
Zu sehr, um dich leiden zu sehen
So ist alles gekommen und wieder gegangen
Ich pflege meine Wunden
Dies ist ein Gruss zum Abschied
Der letzte zwischen uns
Derjenige, den du lieben wirst, wird der glücklichste Mensch sein
Es soll dir in deiner Zukunft gut gehen
Wir werden uns immer seltener sehen
Unsere magischen Momente werde ich unversehrt in Erinnerung behalten

---

Junior verwirklicht bald schon seinen grössten Traum, er presst seinen Rap auf eine CD, gibt ihr den Namen «Magister». Magister wird gleichzeitig auch sein Pseudonym. Das Wort ist lateinisch und steht für Lehrer. Die Lehrer im Römischen Reich, meist Sklaven oder freigelassene Sklaven, genossen kaum Ansehen in der Gesellschaft und verdienten nur wenig. Sie unterrichteten die Kinder der Römer in Säulenhallen oder Hinterhöfen, lehrten sie zwischen Sonnenaufgang – so früh schon begann der Unterricht – und spätem Nachmittag rechnen, schreiben, lesen. Im Deutschen wird der Magister als akademischer Grad nach einem abgeschlossenen Hochschulstudium verliehen. Das Pseudonym wählt Junior deshalb aus, weil er mit seinen Texten etwas bewegen, weil er eine Botschaft überbringen möchte.

Um das CD-Projekt realisieren zu können, braucht Junior Geld. Deshalb unterrichtet er in seinen Semesterferien am Tag Primarschüler, die ihn fragen, wie man es anstelle, soooo gross zu werden, und jobbt am Abend in einem Spielsalon als Barman. Eine Stelle, die ihm immer wieder dabei hilft, den Kopf finanziell über Wasser zu halten. Einer seiner Freunde stellt ihm für die Aufnahmen sein Studio zur Verfügung, ein anderer designt das Cover, einer dreht einen Videoclip. Junior presst auf eigene Kosten 500 Compact Discs, vertreibt sie selbst. Tut das, wovor ihn viele gewarnt haben: «Auf eigene Faust eine CD herausgeben? Ohne Unterstützung eines Labels? Vergiss es, das klappt nie!» Seine Antwort ist immer dieselbe: «Warum es nicht wenigstens versuchen?» Sein Mut lohnt sich. «Hätte ich mein Projekt damals nicht so kompromisslos durchgezogen, ich stände musikalisch nicht da, wo ich heute stehe. Finanziell allerdings war es ein kleines Fiasko. Und das trotz 300 verkauften CDs.» Er lacht, sagt dann, weil er ganz genau gewusst habe, dass er mit dieser Produktion wie David neben Goliath stehen würde, habe er mehr Geld in die Bewerbung von «Magister» gesteckt als in die CD selbst.

«Um ‹Magister› unter die Leute zu bringen, liess ich Plakate drucken, tapezierte ganz Fribourg damit, verteilte Tausende von Flyers, bestellte verschiedenfarbige T-Shirts mit dem Aufdruck meines Pseudonyms. Nun – spätestens, als mein Vater am Ende der Mister-Schweiz-Wahl in einem gelben ‹Magister›-T-Shirt auf mich zukam, wusste ich, dass es sich gelohnt hatte.»

Es gibt allerdings auch Momente, in welchen Junior sich nicht ganz sicher ist, ob es richtig war, das Projekt durchgezogen zu haben: «Ich musste lernen, dass das, was ich in meinen Texten sage, missverstanden oder falsch interpretiert werden kann. Es gibt einen Rap, in dem ich über Aids spreche und unter anderem sage, Frauen könnten sich in gewissen Situationen besser kontrollieren als Männer und es sei an ihnen, auf einem Kondom zu bestehen. Ein Journalist, der über ‹Magister› einen Artikel schrieb, meinte dann, ich sage, die Frauen seien schuld an Aids.»

Der Rap fasziniert Junior auf vielen Ebenen. «Es ist eine einfache Musik, schnell gemacht. Ein Rapper sagt einfach das, was ihn beschäftigt, er befreit seine Gedanken. Der Rap ist eine Art Psychoanalyse. Ausserdem hat er den besten Rhythmus, um zu tanzen. Der Rap ist die Musik des Volkes, nein, anders, der Rap ist das Instrument des Volkes. Der Rap kommt zwar aus den Ghettos der amerikanischen Grossstädte, für mich gehört er aber längst nicht mehr zwingend nur zu den Menschen, die nichts zu verlieren haben. Warum soll nicht auch einer, dem es blendend geht, erzählen, was er fühlt? Wie es ihm geht, mit all seinem Geld? Warum nicht?»

Das Wort Rap kommt vom englischen «to rap» und wird übersetzt mit schlagen, pochen, klopfen, beschuldigen. Als Rap wird ein Sprechgesang bezeichnet, der seinen Ursprung in Westafrika haben könnte. Dort gibt es die Tradition der Griots. Ein Griot ist ein Mann, der in einer bestimmten Form des Gesanges lange Texte vorträgt und dabei Wissen weitergibt. Etwa so wie im Mittelalter bei uns die Ausrufer, die von Ort zu Ort gingen, die Menschen zusammentrommelten und dann Botschaften verlasen. Dass die Griots in den westafrikanischen Staaten Mali, Gambia und Senegal heute noch weit verbreitet sind, hat wohl damit zu tun, dass viele Schwarzafrikaner Analphabeten sind – die Analphabetenquote liegt südlich der Sahara bei über einem Drittel – und für viele, die das Glück haben, lesen zu können, Zeitungen schlicht und einfach unerschwinglich sind.

Geboren wurde der Rap in den Sechzigerjahren, in den USA. Discjockeys in den afroamerikanischen Grossstadtghettos, vor allem in New York, sagten Musikstücke in einem Slang an, der den – meist schwarzen Discobesuchern – sehr vertraut war. Das kam so gut an, dass die DJs damit begannen, in diesem Slang zu reimen und die Worte dem Rhythmus des Stückes, das sie auflegten, anzupassen. Der Rap entwickelte sich und mit ihm eine neue Möglichkeit, sein Lebensgefühl auszudrücken. Die Reime handelten von Kriminalität und Drogen, die benutzten Wörter waren in etwa ebenso brutal und grob, wie die Jugendlichen ihr Aufwachsen erlebt hatten. Sie hatten ein Ventil gefunden, die Missstände anzuprangern, in denen sie gross werden mussten.

Bald schon entdeckte die Musikindustrie den Rap als Trend und kommerzialisierte ihn erfolgreich. Nun galt: Je obszöner und politisch unkorrekter die Reime waren, desto mehr Geld liess sich damit verdienen. Am lukrativsten war der sogenannte Gangsta-Rap, der sich Mitte bis Ende der Neunzigerjahre als Genre durchsetzte. Die dazu aufgenommenen Videos zeigten Gewalt verherrlichende Szenen, viel nackte Haut, Revolver, Drogen, haufenweise Dollarnoten, aufgemotzte Karren, riesige Villen. Zur Jahrtausendwende wandten sich viele Rapper davon ab und begannen damit, ein besseres Image aufzubauen. Von Amerika über Frankreich und Deutschland hat der Rap inzwischen die Welt erobert, gerappt wird längst auf Griechisch, Arabisch, Hebräisch, Koreanisch und in vielen anderen Sprachen mehr.

«Ein Rapper ist ein Journalist der Strasse. Rap ist Kultur. Rap ist Rhythmus. Und Rap ist Poesie. Der Inhalt seiner Verse ist das Spiegelbild der Gesellschaft. Um zu rappen, muss ich nicht in XXL-Hosen rumlaufen. Meine Texte verherrlichen die Gewalt nicht. Dieses Image – Rap gleich Gewalt – wird vor allem deshalb noch aufrechterhalten, weil der Gangsta-Rap nach wie vor sehr lukrativ ist. Gangsta-Rap ist oft einfach Show. Die, die rappen, leben längst in geordneten Verhältnissen, sind verheiratet, haben ein Haus in einem guten Quartier und schicken ihre Kinder auf Privatschulen. Sie sind glücklich, ihrem alten Leben entronnen zu sein, in welchem sie ihre Freunde an einer Überdosis Heroin haben sterben sehen und am eigenen Leib nackte Gewalt erleben mussten. Ihr Gefühl für Rhythmus, ihre Fähigkeit, zu reimen, ihre Lust, Gefühle in Worte zu fassen, hat sie daraus befreit. Ich habe mal gelesen, der Rap sei das Metronom des Herzens. Besser kann man es eigentlich nicht sagen.»

Ein Metronom gibt einem Musiker ein gleichmässiges Tempo vor, Schlag für Schlag. Tac–tac–tac. Ohne den richtigen Takt schmerzt Musik in den Ohren. Ohne den perfekten Rhythmus – bumm–bumm–bumm – geht ein Herz kaputt. Für den gleichmässigen Schlag eines Herzens aber – auch das hat Junior durch die Trennung von Florence gelernt – ist man selbst verantwortlich. Niemand sonst.

«Viel zu oft wird in Beziehungen der Partner für das eigene Glück oder aber Unglück verantwortlich gemacht. Aber wer mit sich selbst nicht zufrieden ist, kann auch in einer Partnerschaft nie glücklich werden. Ich beobachte das oft, dass sich Paare wegen Kleinigkeiten trennen. Ich finde es schrecklich, wie viele heute heiraten mit dem Gedanken, wenn es nicht klappe, könne man sich ja ohne weiteres wieder scheiden lassen. Wir leben in einer Konsumgesellschaft, und leider ist diese bis in unsere Herzen vorgedrungen.»

Junior schreibt an einem Text, in dem er eine gute Partnerschaft mit zwei Füssen vergleicht: «Man kann auf einem Fuss stehen, aber um zu gehen oder gar Hindernisse zu überwinden, ist es von Vorteil, zwei davon zu haben.»

Irgendwann, da ist er sich sicher, wird er den zweiten Fuss finden, der ihn – Schritt für Schritt – durchs Leben begleitet. Es muss nicht jetzt und heute sein, er weiss, dass er Zeit braucht, und er will sich diese nehmen. Natürlich lässt er sich auf das eine oder andere kurze Abenteuer ein, achtet dabei aber immer darauf, den Frauen nicht Liebe zu versprechen, sagt, für eine neue Beziehung sei er absolut nicht bereit.

«Meine Mutter neckte mich immer mit dem Satz: ‹Junior liebt die Frauen.› Sie hat Recht. Ich liebe die Frauen. Ich bin gern in ihrer Gesellschaft. Fast lieber als in der Gesellschaft von Männern. Und doch sind meine besten Freunde ausschliesslich Männer. Leider habe ich die Erfahrung gemacht, dass in einer Freundschaft zwischen Mann und Frau einer von beiden immer auf mehr hofft. Die körperliche Anziehung zwischen den Geschlechtern macht die ganze Sache ebenso spannend wie hochexplosiv. Und gerade deshalb so unglaublich prickelnd.»

Man sagt, dass ein Mann sich die Frau fürs Leben aussuchen soll, die er – wäre sie ein Mann – zu seinem besten Freund machen würde. Junior weiss, dass es schwierig ist, diese Frau zu finden, und glaubt, dass er sie in Florence gefunden und wieder verloren hatte. Er ist sich sicher, sollte er noch einmal das Glück haben, eine solche Frau zu finden, dann muss die Beziehung so ehrlich und harmonisch sein, wie er sie mit Florence erlebt hatte. Betrug wäre ihm damals nicht im Traum in den Sinn gekommen, auch wenn er sagt, dass die Treue heute wohl ungleich schwieriger einzuhalten sei als noch vor ein paar Jahren.

«Die Versuchungen, denen wir ausgesetzt sind, sind immens. Wir haben überall Zugang zu Sex. Das Rotlichtmilieu ist übers Internet bis in unsere Stuben vorgedrungen. Die Nummern, über welche man sich am Telefon sexuell stimulieren lassen kann, kennt heute leider jedes Kind. Die Werbung schafft es allein schon mit Plakaten, unsere direkte Umwelt zu sexualisieren. Vom Fernseher gar nicht zu reden. Und dieser Selbstverständlichkeit wegen konsumieren wir Sex, als wärs Zuckerwatte, und vergessen, dass er tödlich sein kann. Wir vergessen Aids, und das ist gefährlich.»

Junior ist etwa achtzehn, als ihm bewusst wird, dass nicht nur er die Frauen liebt, sondern sie offensichtlich auch ihn. Manchmal fragt er sich, ob es die Farbe seiner Haut ist, die die Frauen so anziehend finden. Er ist sich im Klaren darüber, dass es mit dem Rap in Mode gekommen ist, mit einem Schwarzen zusammen zu sein. Inzwischen wurde ihm von zwei, drei Frauen, mit denen er eine kurze Beziehung hatte, aber auch klar gesagt, dass sie Weisse eigentlich attraktiver fänden und es ausschliesslich sein Charisma gewesen sei, das ihr Interesse geweckt habe. Es waren diese Frauen, die ihm dann auch erzählt hatten, es sei unglaublich, wie oft sie in ihrem Freundeskreis mit der Frage konfrontiert worden seien, ob er ausdauernder sei und besser ausgestattet als ein Weisser.

Und – was haben die Damen darauf geantwortet? Junior lacht von einem Ohr zum anderen, als er sagt: «Was wohl? – Ja!»

Wenn er lacht, dann ist es, als löse sich die Melancholie, die ihn manchmal umgibt, in nichts auf. Dann ist in seinen tiefschwarzen Augen ein Leuchten, das von ganz tief innen kommt. Wenn er lacht, ist erkennbar, dass seine Seele die Blessuren, mit denen sie fertig werden muss, akzeptiert hat.

Ein knappes Jahr nach der Trennung von Florence besucht Junior das Jazzfestival in Montreux. Er hat keine Tickets für Veranstaltungen, es gefällt ihm einfach, durch die Strassen zu schlendern und die musikalisch aufgeladene Atmosphäre zu geniessen. Es geht ihm gut, er lacht viel, sieht dabei so einnehmend aus, dass zwei Modefotografen ihn ansprechen, ihn fragen, ob er schon einen Modelvertrag habe. Er ist überrascht: «Nein, warum?» Sie finden, er habe das Aussehen, die Grösse und die Ausstrahlung dazu, und verweisen ihn an eine Agentur. Er geht dort vorbei, lässt Bilder machen, merkt dann aber, dass man ihm das Blaue vom Himmel verspricht und ihn gleichzeitig im Regen stehen lässt. Er unterschreibt den Vertrag, den man ihm vorlegt, nicht. Aber sein Ehrgeiz ist geweckt, er besucht eine Dressman-Schule und läuft an verschiedenen Modeschauen über den Laufsteg. Es macht ihm Spass.

Eines Tages macht ihn ein Freund auf die Mister-Romandie-Wahlen aufmerksam, Junior denkt sich «Warum nicht?» – und meldet sich an. Als er, im Oktober 2005, Dritter wird, sitzt Monique im Publikum. Sie hält von Mister- und Miss-Wahlen nichts, ist aber über ihren Schatten gesprungen, um ihrem Zweitältesten die Daumen zu drücken. Später wird sie ihm sagen, sie sei stolz auf ihn. Nicht der guten Rangierung wegen, sondern weil er so viel Charme und Geist und Grösse ausgestrahlt habe, dass sie darob die Oberflächlichkeit einer solchen Veranstaltung schlicht vergessen habe.

Auf die Frage, was Schönheit für ihn bedeute, muss Junior nicht lange überlegen: «Die Schönheit spricht uns in den Gesichtszügen eines Menschen an, aber – ist er deshalb schon schön? Schönheit auf den ersten Blick ist wie ein Bild, das einem zusagt. Das kann aber schnell verblassen, sich als Illusion entpuppen, wenn man mehr als die Oberfläche zu sehen beginnt. Ich bevorzuge den Plural – spreche lieber von Schönheiten. Die Stimme eines Menschen und das, was er mit ihr sagt; der Blick eines Menschen und das, was er mit diesem ausdrückt; die Gestik eines Menschen und die Art, wie er sich um andere kümmert – all das kann Schönheit zeigen. Äussere Schönheit ist ein Geschenk der Natur, wer sich nur darauf beschränkt, wird nie die Schönheit erkennen, die im liebevollen Streicheln eines vom Tod gezeichneten Menschen liegt, wird nie erkennen, dass man das eigentliche Alter eines Menschen nicht in seinen Falten lesen kann, sondern in seinen Augen.»

Wirklich schön, meint Junior weiter, könne eine Frau eigentlich erst sein, wenn sie gegen die dreissig gehe: «Dann schlüpft sie aus ihrer Mädchenrolle und ist sich selbst – als Frau – wirklich bewusst. Bei den Männern ist es wohl dasselbe, wobei ich – wenn ich ganz ehrlich bin – zugeben muss, dass wir Männer länger als dreissig Jahre brauchen, bis wir wirklich gereift sind. Ich glaube sogar, die Frage ist berechtigt, ob wir überhaupt je richtig erwachsen werden. Was allerdings ganz gut ist, denn allzu ernste Männer faszinieren Frauen nicht. Sie langweilen sie. Eine Frau braucht einen Mann an ihrer Seite, der sie zum Lachen bringen kann. Denn erstens schmeichelt ihr das, und zweitens ist das Leben erträglicher, wenn man es von seiner humorvollen Seite nimmt. Das mag mit ein Grund dafür sein, dass in Afrika herzhafter, freier und oft auch alberner gelacht wird als in Europa.»

Nach der Romandie-Wahl kommt die Mister-Schweiz-Organisation auf Junior zu, fragt, ob er bei der nationalen Ausscheidung mitmachen möchte. Junior sagt zu und löst ein Medienecho aus, das er so nicht erwartet hat und das wohl nicht nur seinen afrikanischen Wurzeln zuzuschreiben ist, sondern auch seinem Charisma.

Das kommt in der Sendung «TalkTäglich» auf dem Lokalsender Tele Züri wunderbar rüber. Junior gibt das Interview auf Deutsch, füllt die Lücken in seinem Wortschatz mit Charme. Als Hugo Bigi, der Moderator, ihn auf den Tod seiner Eltern anspricht, sagt er lediglich, er sei neun gewesen, als seine Mutter gestorben sei, und zwölf, als er auch noch seinen Vater verloren habe. Es ist der journalistischen Ethik des Moderators zuzuschreiben, dass er nicht nachhakt und ihn bloss nach seinen beiden Brüdern fragt. In diesem Moment ist die Melancholie, die kurz Juniors Blick trübte, wie weggeblasen. «Meine beiden Brüder? Ich habe drei Brüder und vier Schwestern. Wir sind acht.» Diesmal ist Hugo Bigi, der bis dahin ganz offensichtlich nur von Arnaud und Ruedi gehört hatte, zu perplex, um danach zu fragen, woher diese Geschwister denn plötzlich alle herkämen, und Junior lacht verschmitzt.

Es war genau an diesem Punkt, als ich, die Autorin dieses Buches, mich dazu entschloss, ihn anzufragen, ob er bereit sei für eine Biografie. Es war reiner Zufall, dass ich jenes Interview sah. Zwar hatte ich damals schon gewusst, dass es Junior gibt, hatte ich doch die Titelgeschichte im «SonntagsBlick» gelesen, die Idee, ein Buch über ihn könnte interessant sein, war mir bei der Zeitungslektüre allerdings nicht gekommen. Erst als ich ihn im Gespräch mit Hugo Bigi sah, realisierte ich, dass er das Potenzial hat, den Menschen etwas zu vermitteln. Deshalb meldete ich mich bei ihm, erfuhr, dass fünf seiner Geschwister weiss sind, er sich ihnen aber so nahe fühlt wie seinen beiden schwarzen Brüdern. «Wir haben alle dieselbe Erziehung genossen, das verbindet.» Von seinen sieben Geschwistern leben heute nur noch die beiden jüngsten, Anne und Flaminia, zu Hause. Jeden Sonntag aber gibt es ein gemeinsames Abendessen bei den

Eltern. Wer will, kommt; wer nicht kann, kommt nicht. Bei einem solchen Abendessen besprach Junior die Idee mit dem Buch über sich mit seiner Familie.

Kurz davor hatten wir uns am Berner Hauptbahnhof das erste Mal getroffen. Es hatte in der Nacht geschneit. Ich kam mit dem Zug und war pünktlich am ausgemachten Treffpunkt. Junior kam mit dem Auto und war – sehr zu seinem Leidwesen – unpünktlich. Ich versuchte ihn auf seinem Handy zu erreichen, erfolglos. Nach etwa einer Viertelstunde sprach ich einen Mann an, der mindestens ebenso gross war wie Junior und auch ähnlich schön und der ganz offensichtlich auch auf jemanden wartete. Es konnte ja sein, dass es Junior war, manchmal sehen Menschen in den Medien etwas anders aus als in natura. Ich fasste mir ein Herz, ging auf ihn zu, erhielt ein: «Nein, ich bin nicht Junior.» Und danach die Frage: «Er ist nicht zufällig schwarz?» Er lachte lauthals, ich auch, wir unterhielten uns noch ein bisschen, dann kam die Person, auf die er gewartet hatte. Wir verabschiedeten uns. Kurz darauf klingelte mein Handy – Junior. Er entschuldigte sich für seine Verspätung, sagte, er habe jetzt parkiert und sei in fünf Minuten da.

Ich erkannte ihn schon von weitem. Nicht an seinem Gesicht, sondern an seiner geraden Haltung, seinem elastischen Gang und – zugegeben – auch an der Farbe seiner Haut.

Wir setzten uns ins nächstbeste Café. Bevor wir ins Gespräch kamen, schaute er mich lange an. Ich wich seinem Blick nicht aus. Später sagte er mir, er habe Neugierde erwartet, aber echtes Interesse und Respekt entdeckt. Nun, auch ich versuchte ihn zu erfassen. In seinen Augen las ich, dass er Menschen mag und sich ihnen nicht verschliesst.

Ich erklärte ihm, dass eine Biografie über ihn nur dann einen Sinn habe, wenn er von all dem erzähle, was ihm widerfahren sei. Er schaute mich nachdenklich an. «Ich werde erst mit meiner Familie reden. Wenn sie nichts dagegen hat, werde ich dir von meinem Leben berichten. Du wirst Geduld haben müssen.» Er schaute kurz an mir vorbei, meinte dann: «Dass es mir heute so gut geht, habe ich meiner Mutter, meinem Vater und meinen Geschwistern zu verdanken.»

Wir verabschiedeten uns. Es vergingen Tage, bis er mich anrief: «Alle sind einverstanden, wir können mit der Arbeit beginnen.» Daraufhin setzte ich mich mit Urs Brülisauer, dem Organisator der Mister-Schweiz-Wahlen, in Verbindung und fragte ihn, ob es stören würde, wenn ich Junior und seine Mitkandidaten nach Khao Lak ins Trainingscamp begleitete. Schon zwei Wochen später hob ich nach Thailand ab. Mit an Bord die sechzehn Finalisten, Journalisten, Sponsoren, das Tessiner Fernsehteam, Urs Brülisauer und die Choreografin Grazia Covre. Meine Freundinnen beneideten mich unverhohlen – sechzehn attraktive junge Männer nach Thailand zu begleiten, das hätte auch ihnen gefallen.

Als ich die Finalisten am Flughafen Zürich treffe, sind sie in aufgeräumter Stimmung. Ich stelle mich vor, erkläre, warum ich mit von der Partie bin. Sie sind verblüfft. «Ein Buch über Junior?» Offenbar hatte er noch niemanden eingeweiht. «Ja, ein Buch über Junior.»

Ich begegne viel Charme und keiner Arroganz. Gutem Benehmen und keinen Staralllüren. Und dies, obwohl alle sechzehn in den letzten Wochen immer wieder in den Medien zu sehen waren. Die meisten scheinen bodenständig zu sein, viele bereits gute Kollegen. Bei der Sicherheitskontrolle fallen sie den Mitarbeiterinnen am Anfang nicht auf. Sie, die den ganzen Tag Tasche um Tasche, Jacke um Jacke aufs

Förderband legen, die Leute bitten, Schuhe und Gurt abzulegen, und die Passagiere dabei – wenn überhaupt – meistens nur flüchtig anschauen, stutzen jedoch beim fünften attraktiven Mann, der seinen Gurt aus den Schlaufen seiner Hose zieht, sehen sich die Jungs mal genauer an, merken, dass heute offensichtlich etwas anders ist. Eine lächelt, steckt damit die anderen an und stellt fest: «Da haben wir wohl den nächsten Mister Schweiz durchleuchtet.»

Die Finalisten nicken, schlaufen ihren Gurt schnell wieder ein, ziehen Schuhe und Jacken an. Die Aufmerksamkeit, die ihnen entgegenschwappt, ist ihnen nicht ganz geheuer. Für einen offenen Blick, eine kurze Plauderei oder sogar einen kleinen Flirt scheinen sie irgendwie – zu unsicher. Sie haben sich Öffentlichkeit gewünscht, sonst hätten sie sich wohl kaum für die Wahl beworben, aber damit umzugehen, populär zu sein, das will erst gelernt sein.

Der Flug ist lang, ereignislos. Junior liest in Nelson Mandelas Autobiografie «Der lange Weg zur Freiheit». Das Buch sieht aus, als hätte er es nicht zum ersten Mal in der Hand, und er bestätigt dann auch, dass er es wieder und wieder gelesen habe. Als er es zur Seite legt, um ein bisschen zu schlafen, frage ich, ob ich darin blättern dürfe. Ich finde viele angestrichene Stellen. Manchmal ist es nur gerade ein Satz, manchmal sind es ganze Abschnitte. Mandela, der 1918 als Sohn eines Xhosa-Häuptlings geboren wurde, Jura studiert und fast drei Jahrzehnte in südafrikanischen Gefängnissen verbracht hatte, bevor er 1994 zum ersten schwarzen Staatspräsidenten Südafrikas gewählt wurde, schreibt packend.

Mir fällt eine Stelle am Anfang des Buches auf. Nelson Mandela zitiert darin die Rede des Häuptlings Meligaqili, die dieser nach der Beschneidungszeremonie hielt, die den damals Sechzehnjährigen und seine gleichaltrigen Stammesbrüder zu Männern machen sollte: «Dort sitzen unsere Söhne, jung, gesund und stattlich, die Blüte des Xhosa-Stammes, der Stolz unserer Nation. Wir haben sie gerade beschnitten in einem Ritual, das Mannbarkeit verheisst, aber ich bin hier, um euch zu sagen, dass das eine leere, illusorische Verheissung ist, ein Versprechen, das niemals erfüllt werden kann. Denn wir Xhosas und alle schwarzen Südafrikaner sind ein besiegtes Volk. Wir sind Sklaven in unserem eigenen Land. Wir sind Pächter auf unserer eigenen Erde. Wir haben keine Kraft, keine Macht, keine Kontrolle über unser eigenes Geschick im Land unserer Geburt. Für den Rest ihres Lebens werden sich diese jungen Männer die Lunge aushusten tief in den Eingeweiden der Minen des weissen Mannes, ihre Gesundheit zerstörend, niemals die Sonne sehend, damit der weisse Mann ein Leben in einzigartigem Wohlstand führen kann. Sie werden in grosse Städte ziehen, wo sie in Verschlägen hausen und billigen Alkohol trinken werden, und all dies, weil wir kein Land haben, das wir ihnen geben könnten, damit sie darauf gedeihen und sich vermehren. Unter diesen jungen Männern sind Häuptlinge, die niemals herrschen werden, weil wir nicht die Macht haben, uns selbst zu regieren; Soldaten, die niemals kämpfen werden, weil es für uns nichts zu kämpfen gibt und auch keine Waffen, um zu kämpfen; Gelehrte die niemals lehren werden, weil wir für sie keinen Platz zum Studieren haben. Die Fähigkeiten, die Intelligenz, die Verheissung dieser jungen Männer werden vergeudet werden bei dem Versuch, mühselig die Existenz herauszuschinden, indem sie für den weissen Mann die geistlosesten Arbeiten verrichten. Die Gaben von heute sind nichtig, denn wir können ihnen nicht die grösste aller Gaben geben, Freiheit und Unabhängigkeit. Ich weiss wohl, dass Qamata (Gott) allsehend ist und niemals schläft, doch habe ich den Verdacht, dass Qamata womöglich döst. Sollte das der Fall sein, so meine ich, je eher ich sterbe, desto besser, weil ich ihn dann treffen kann, um ihn wachzurütteln und ihm zu sagen, dass die Kinder von Ngubengcuka, die Blüte der Xhosa-Nation, dahinsterben.»

Mandela schreibt weiter, dass die Rede ihn – wie viele andere auch – damals, im Jahr 1934, eher verstimmt als wachgerüttelt habe. Aber: «Der Häuptling hatte seinen Samen gesät, und wenn ich diesen Samen lange auch gleichsam brachliegen liess, so begann er schliesslich doch zu wachsen, und ich begriff, dass der unwissende Mann an jenem Tag nicht der Häuptling gewesen war, sondern ich selbst.»

Ich blättere nach hinten, finde folgende Worte des Anti-Apartheid-Kämpfers: «Über Armut lässt sich wenig Positives sagen, doch sie ist oft ein Nährboden für wahre Freundschaft. Wenn man reich ist, gibt es viele, die sich mit einem anfreunden wollen; wenn man arm ist, nur wenige. Wenn Reichtum magisch anzieht, so stösst Armut ab.»

Als ich den Satz lese «Ein Junge mag weinen, ein Mann verbirgt seinen Schmerz», muss ich schmunzeln – afrikanische Erziehung. Und als ich weiter hinten auf einen Satz Mandelas stosse, denke ich an die Worte, die Junior mir am Ende unseres ersten Treffens beim Abschied sagte: «Ich möchte als Mensch auffallen, nicht als schwarz.» Mandela schrieb, dass er 1962, bei einem Besuch auf dem Festland von Tansania, das ein Jahr zuvor die Unabhängigkeit erlangt hatte, zum ersten Mal in seinem Leben nicht nach seiner Hautfarbe, sondern nach Verstand und Charakter beurteilt worden sei. Kurz nach diesem Erlebnis wurde Mandela, der damals schon in den Untergrund abgetaucht war, verhaftet und zwei Jahre später zu lebenslanger Haft verurteilt.

Die Zivilcourage, die der Friedensnobelpreisträger in den 27 Jahren seiner Gefangenschaft an den Tag legte, ist es, die mich veranlasste, das Buch später zu kaufen und zu lesen. Unermüdlich und vor allem unerschrocken setzte sich der prominenteste Gefangene der südafrikanischen Geschichte für seine Mithäftlinge und bessere Haftbedingungen ein. Vieles hat er dabei erreicht, zum Beispiel, dass die Insassen studieren durften. Allerdings mussten sie sich die Bücher selber kaufen, was nur finanziell besser Gestellten möglich war. Leider konnte es Mandela nicht durchsetzen, dass die Bücher ausgeliehen werden durften, was auch den Ärmeren unter ihnen ermöglicht hätte, sich weiterzubilden. Erst Anfang der Siebzigerjahre wurde den Analphabeten im Gefängnis auf Robben Island, vor Kapstadt, erlaubt, schreiben und lesen zu lernen.

Als Junior aufwacht, reden wir über genau diesen Punkt – die Grenzen, die Menschen gesteckt sind, wenn sie keine Nummer notieren, keinen Strassennamen lesen, kein «Ich liebe dich» in den Sand schreiben und sich nicht in einem Buch verlieren können.

«Wer nicht lesen kann, kann vieles nicht wissen. Wissen aber ist eine Waffe, ich würde sogar sagen, es ist die wichtigste. Und dies im Guten wie im Schlechten. Ein kultivierter Mensch hat Macht, wie er sie einsetzt, ist ihm allein überlassen. Leider. Er kann Menschen um sich scharen, zum Leader werden, ein ganzes Volk manipulieren. Wissen ist stärker als jede physische Kraft. Ein Mensch, der sich bilden konnte, kann sich besser wehren, kann besser verstehen, was warum passiert. Er kann sich gewandter ausdrücken, und man greift ihn weniger schnell an. Im Kongo war mein Vater ein Intellektueller – in der Schweiz war er Fabrikarbeiter. Zeit oder gar Lust zum Lesen hatte er neben seiner Arbeit keine mehr. So konnte er sich nicht darum kümmern, mich mit Büchern zu versorgen oder mich ans Lesen heranzuführen. Im Übrigen hätten Bücher etwas gekostet. Gut, ich hätte sie mir in der Bibliothek ausleihen können, aber das hat mir damals niemand gesagt.»

Er merke es, fährt Junior weiter, seinen Schülern sofort an, wer von ihnen zu Hause Zugang zu Büchern habe und wem er verwehrt sei. «Es sind oft die Kinder, die mit dem Schlüssel um den Hals zur Schule kommen, bei denen sich schnell herausstellt, dass sie mit Lesestoff nicht viel anfangen können – ich glaube, es ist dieser kleine, dieser riesige Unterschied, der zwischen Arm und Reich entscheidet. Der Zugang zu Büchern.»

Am Abend der Mister-Schweiz-Wahl wird Junior auf dem «heissen Stuhl» Platz nehmen und unvorbereitet auf zwei Fragen antworten müssen. Die Jury möchte zuerst von ihm wissen, in was für Situationen er sich unwohl fühle. Er zögert, überlegt kurz, meint dann lachend: «Wenn mich eine Frau zu lange zu intensiv anschaut, wird mir sehr unwohl, denn ich weiss genau, dass ich, sollte sie mich ansprechen, stottern werde.» Die zweite Frage lautet: «Wen bewunderst du?» Die Antwort kommt ohne Zögern: «Menschen, die sich der Humanität verschrieben und das Leben ihrer Mitmenschen über ihr eigenes gestellt haben. Menschen, die für ihre Überzeugung kämpfen. Menschen wie Martin Luther King, Mutter Teresa, Mahatma Gandhi. Menschen wie Nelson Mandela und Malcolm X.»

Nachdem wir in Bangkok gelandet sind, geht es mit einem Inlandflug nach Khao Lak weiter und von dort in einer zweistündigen Fahrt ins Hotel Le Meridien. Das tropische Klima und die Zeitverschiebung von plus sechs Stunden machens möglich: ein Bus voll schlafender junger Männer. Keiner schnarcht.

Als wir aus dem Bus steigen, werden wir mit einer Kette aus Orchideen, die uns um den Hals gelegt, und einem Kokosnussdrink, der uns in die Hand gedrückt wird, aufs Herzlichste empfangen. Die weitläufige, gegen das Meer hin offene Rezeption ist eingebettet in einen prächtigen, sattgrünen Park, darin helles Vogelgezwitscher. Nichts, gar nichts erinnert an die Katastrophe, die vor etwas mehr als einem Jahr Tod und Verwüstung auch ins Fünfsternhotel schwemmte. Der Tsunami zeigt sich nur darin, dass wir fast die einzigen Hotelgäste sind. Touristen scheinen das Land des Lächelns offensichtlich noch zu meiden. Als ich einen Tag später mit dem Rezeptionisten spreche, sagt er, er hoffe sehr, dass das Hotel – so wie früher – bald wieder voll von Leben sei. «Das ist es, was wir jetzt am dringendsten benötigen.» Mehr will er dazu nicht sagen.

Mit dem Zimmerschlüssel wird auch gleich das Programm der kommenden Tage verteilt. Ein Blick darauf genügt, um zu begreifen, dass das hier mitnichten Ferien werden. Knappe sechzig Minuten haben die Männer Zeit, auszupacken und sich ins Turn-Tenue zu stürzen. Danach werden sie von Grazia Covre, der Choreografin, im klimatisierten Übungsraum durch ein Aufwärmprogramm gehetzt, das sich gewaschen hat. Was ihr, die alles mitmacht, ein zufriedenes Lächeln ins Gesicht zaubert und denen, die ihre Söhne sein könnten, den Schweiss auf die Stirn treibt.

Am nächsten Morgen erwartet sie die Schar schon um halb sieben zum Joggen durch den weichen Sand – in der Schweiz ist es halb ein Uhr in der Nacht! Der Tag geht wie folgt weiter: Frühstück, Fotoshooting, Interviews, Mittagessen, Pause, Stylingberatung, zwei Stunden Choreografie samt Aufwärmtraining, Fernsehaufnahmen, Krafttraining, ein Treffen mit thailändischen Schulkindern, Abendessen.

Genauso gedrängt geht es in den nächsten zehn Tagen weiter. Neben dem Pflichtprogramm stehen noch folgende Termine an: Elefantenritt, Bootsfahrt, Tempelbesuch und das Treffen mit der schönsten Frau Thailands.

Am zweiten Tag finde ich einige der jungen Männer nach dem Mittagessen erschöpft in der Sprudelabteilung des kühlen Pools sitzend, andere im Schatten auf den Liegestühlen dösend – einer arbeitet.

Mit einem übergestülpten Kopfhörer sitzt Junior an einem kleinen Tisch, hört Musik, schreibt Worte, die sich reimen, in ein kleines Buch, verfällt in eine Art Meditation. Den Kellner, der vorbeikommt, um zu fragen, ob er noch etwas trinken wolle, nimmt er nicht wahr. In der Schweiz hätte ihm dieser, um auf sich aufmerksam zu machen, wohl auf die Schulter geklopft. Hier in Thailand wird Juniors offensichtlicher Wunsch, ungestört zu sein, respektiert, der Kellner geht weiter.

Am Abend, an der Poolbar, erzählt mir Junior, er habe an einem neuen Text gearbeitet, in welchem es um seine doppelte Persönlichkeit gehe und dem er den Namen seines Sternzeichens geben wolle: «Gémeaux» – «Zwillinge».

«Der Tod meiner Eltern hat meinem Lebensweg eine neue Richtung gegeben. Deshalb gibt es in diesem Text zwei Juniors. Den alten, ursprünglichen und den neuen. Den, der ich heute bin. Wären meine Eltern nicht gestorben, hätte ich die afrikanische Kultur besser kennen gelernt und wäre ich vielleicht mehr Afrikaner als Schweizer. Wahrscheinlich schmeckte mir ‹Piri-Piri›, das ist Huhn in Pfeffer, und Maniok besser als Fondue mit Weissbrot. Vermutlich wäre ich schon längst mit einer schwarzen Frau verheiratet. Ich wäre nicht Lehrer geworden, sondern hätte eine Lehre absolviert. Ich wäre ein anderer –

wäre ich ein anderer? Ich finde es spannend, mich mit den Weggabelungen auseinanderzusetzen, mit denen jeder Einzelne von uns im Laufe seines Lebens immer wieder konfrontiert wird. Gehe ich rechts oder gehe ich links? Manchmal hat man die Wahl, manchmal hat man sie nicht. Ich hatte sie nicht. Es ist passiert. Zugegeben, ich werfe bei diesem Text einen Blick in die Vergangenheit, tue damit etwas, was ich eigentlich vermeiden wollte, aber – es ist okay.»

Wir hatten am Tag zuvor darüber gesprochen, nach dem Training. Mit einer Flasche Wasser in der Hand waren wir auf der Suche nach etwas Schatten am Strand. Junior ging vor mir her, zog sein verschwitztes T-Shirt aus, und da sah ich die blaue Tinte, die ein Tätowierer in seine Haut gestochen hatte. Sie hebt sich nur schwach von seiner dunklen Haut ab, trotzdem sind die Worte «Carpe Diem» gut lesbar. Carpe diem, eine lateinische Redewendung, die aus einer Ode des römischen Dichters Horaz stammt, der 65 v. Chr. geboren wurde und 8 v. Chr. starb. Sie wird mit «Nutze den Tag», Pflücke den Tag» oder «Geniesse den Tag» übersetzt und 2000 Jahre später für Werbeslogans, Wellnessprogramme, Hotel- und Getränkenamen und sogar zur Erläuterung von Marketingstrategien verwendet.

Dass sich Junior die Worte in die Haut tätowieren liess, erstaunte mich nicht. Ich ahnte, dass es ihm darum ging, sich auf das Heute zu konzentrieren, nicht auf das Morgen und schon gar nicht auf das Gestern. Was mich etwas überraschte, ist, dass er sie zwischen seine Schulterblätter schreiben liess. «Warum gerade dorthin?», fragte ich ihn. «Meinst du, ich hätte mir die Stelle zufällig ausgesucht?» Ich musste nicht lange überlegen: «Nein, du nicht.» Die Worte, erklärte er nach einem Lächeln, stünden auf seinem Rücken, weil er sie sich immer dann in Erinnerung rufen müsse, wenn die Vergangenheit ihn einhole, wenn er mit seinem Schicksal hadere, wenn er – zurückschaue. Was er nach wie vor zu häufig tue. «Sie sollen meinen Blick nach vorne richten. Zu dem, was ist. Nicht zurück zu dem, was war.»

Er hat noch drei andere Tätowierungen. Die eine befindet sich auf seiner linken Brust: ein japanisches Schriftzeichen, das für Frieden und Harmonie steht. Die andere – die Kontur des afrikanischen Kontinents – ziert seinen rechten Oberarm. In die leere Fläche liess Junior eine Feder und ein Mikrofon stechen. Sie symbolisieren seinen Wunsch, dass die zahlreichen Diktaturen Afrikas eines Tages der Vergangenheit angehören und die Rede- und Meinungsfreiheit endlich für alle 53 Staaten gilt. Die letzte, die vierte Tätowierung – die bleibt geheim.

Mehr als diese beiden Male – einmal an der Poolbar, einmal am Strand – haben wir in Thailand nicht gesprochen. Das hatte zum einen mit dem gedrängten Programm Juniors zu tun, zum anderen damit, dass ich, genau wie ein paar Journalisten auch, nur gerade drei Tage in Khao Lak verbrachte und dann zurückflog.

Danach sah ich Junior und seine Kollegen erst wieder bei der Hauptprobe im Tessin und staunte darüber, was Grazia Covre, die quirlige, ebenso charmante wie willensstarke Choreografin, aus ihren «ragazzi» herausgeholt hatte. Zwischen den ersten Proben, die ich in Khao Lak, und dem, was ich in Chiasso sah, lagen mindestens ebenso viele Meilen wie zwischen Thailand und der Schweiz Kilometer.

Am Abend der Wahl besuchte ich Junior in der Garderobe. Er trug Jeans und einen gestrickten Pullover aus weissem Garn. Er sah blendend aus, schien zufrieden und überhaupt nicht nervös. Zufälligerweise war er allein, die anderen standen noch vor dem Zimmer der Jury. Junior hatte das Interview schon hinter sich. Ich wünschte ihm viel Glück und fragte dann, wer seiner Ansicht nach die Wahl gewinnen werde. «Miguel», war er überzeugt und meinte dann: «Und falls nicht er, dann Tobias.» Tobias Brunner landete auf Platz zwei. Dass Junior den ersten und den zweiten Rang vorausgesagt hat, ist kein Zufall, sondern hat viel mit seiner Menschenkenntnis zu tun. Journalistinnen erzählten mir auf dem Rückflug von Thailand, es sei ihnen schon fast unheimlich gewesen, wie er sie erfasst und mit ein paar Worten umrissen habe. So, als könne er ihre Aura lesen. Kann er nicht. Was er kann, ist beobachten, sich einfühlen, mitfühlen, sich in Menschen hineinversetzen. Und wenn er sagt: «Ich erkenne jemanden, der in seiner Kindheit Verletzungen ausgesetzt war», ist das kein leeres Geschwätz, sondern zeugt von seiner Intuition und davon, dass er glaubt, dass Menschen, die Ähnliches durchgemacht haben, sich eben erkennen.

Junior geht auf Menschen zu, wirkt offen, ist herzlich, lacht ganz offensichtlich gern und oft, schneidet für Kinder «grässlich-schöne» Grimassen und amüsiert sich köstlich, als ich sage: «Du singst gut, Junior!» – «Gabriella, einen Rap singt man nicht. Einen Rap rappt man.»

In Khao Lak und im Tessin erlebte ich diesen Junior, den, der das Kind in sich zeigen kann. Den anderen, den ernsten, sehr erwachsenen habe ich in den langen Gesprächen kennen gelernt, die wir geführt haben. Dazu habe ich ihn auch in seiner Wohnung in Fribourg besucht. Im Eingang steht neben einer Garderobe ein Bücherregal, das in der kleinen Stube keinen Platz gefunden hat. Neben Kochbüchern, Lexika, Biografien, Religionsbüchern, Hemingways «Der alte Mann und das Meer», einem Teil seiner schulischen Pflichtlektüre und den kopierten Seiten eines Sprachbuches Französisch–Lingala steht ein kleiner Adidas-Schuh, dessen Patina verrät, dass er offensichtlich jahrelang getragen worden ist. Darauf angesprochen, erzählt Junior: «Das war ein Geschenk meines Vaters, das er in Paris für mich gekauft und in den Kongo geschickt hatte. Als meine Mutter und ich flüchteten, war ich ihnen schon entwachsen. Meine Grosseltern väterlicherseits behielten die Schuhe bei sich und liehen sie über die Jahre hinweg immer den Kleinkindern aus, denen sie gerade passten. Irgendwann war es dann fertig damit, weil einer verloren gegangen war. Als ich mich nach meinem zweiten Besuch im Kongo von meinen Grosseltern verabschiedete, drückte mir meine Grossmutter den übrig gebliebenen kleinen Schuh in die Hand – sie hätte mir keine grössere Freude machen können. Sie ist vor drei Jahren gestorben. Ich reise nicht an die Beerdigung, ich mag Beerdigungen nicht. Erstens, weil ich den Verstorbenen in anderer Erinnerung behalten möchte als in einer Kiste liegend, zweitens stört es mich, dass, wer tot ist, offenbar gut war. Auf jeden Fall habe ich noch nie eine Grabrede gehört, in welcher auch die negativen Seiten des Verstorbenen erwähnt worden wären. Ich bin sicher, dass sogar der Teufel Mobutu bei seiner Beisetzung in den Himmel gelobt worden ist. Nun, es wird eine Beerdigung geben, eines Tages, vor der ich mich schlecht werde drücken können – meine eigene. Aber die muss ja nicht schon morgen über die Bühne gehen.»

An der Kühlschranktür kleben Kinderzeichnungen. Geschenke seines Neffen, des Sohnes von Pierre, seinem ältesten Bruder. In der engen Stube stehen ein Sofa, ein Salontisch, ein Fernseher samt DVD-Player und eine kleine Hi-Fi-Anlage. An der Wand hängt ein Poster mit einer Kurzversion der Menschenrechte, die anlässlich der Generalversammlung der Vereinten Nationen am 10. Dezember 1948 verabschiedet und verkündet worden sind.

Im grossen Schlafzimmer baumeln an allen möglichen und unmöglichen Orten Juniors nasse Kleider. Er hatte gerade Waschtag und findet, der Trockner mache die Fasern kaputt. Die Wände zieren ein Foto von Malcolm X mit zwei seiner sechs Töchter und eine Zeichnung, die Martin Luther King zeigt, wie er am Lincoln Memorial, in Washington D.C., am Rednerpult steht und seine wohl berühmteste Rede – «I have a dream» – hält:

«Ich habe einen Traum, der tief verwurzelt ist im amerikanischen Traum.

Ich habe einen Traum, dass sich diese Nation eines Tages erheben und der wahren Bedeutung ihres Credos gemäss leben wird: ‹Wir halten folgende Wahrheit für selbstverständlich: dass alle Menschen gleich erschaffen sind.›

Ich habe einen Traum, dass eines Tages auf den roten Hügeln von Georgia die Söhne früherer Sklaven und die Söhne früherer Sklavenhalter miteinander am Tisch der Brüderlichkeit sitzen können.

Ich habe einen Traum, dass sich eines Tages selbst der Staat Mississippi, ein Staat, der in der Hitze der Ungerechtigkeit und Unterdrückung verschmachtet, in eine Oase der Gerechtigkeit verwandelt.

Ich habe einen Traum, dass meine vier kleinen Kinder eines Tages in einer Nation leben werden, in der man sie nicht nach ihrer Hautfarbe, sondern nach ihrem Charakter beurteilen wird.

Ich habe einen Traum heute...»

250000 Menschen, darunter 60000 Weisse, verfolgten seine Rede. Sie alle demonstrierten – am 28. August 1963 – friedlich für die Bürgerrechtsgesetzgebung von Präsident John F. Kennedy, der knappe drei Monate später – am 22. November 1963 – in Dallas, Texas, erschossen wurde.

Am 2. Juli 1964 unterzeichnete Kennedys Nachfolger Lyndon B. Johnson das neue Bürgerrechtsgesetz zur Rassentrennung. Damit sollte die systematische Diskriminierung schwarzer Amerikaner bei Bundeswahlen, auf dem Arbeitsmarkt, aber auch in öffentlichen Einrichtungen wie Schwimmbädern und Bibliotheken, in Restaurants, Hotels und Kinos endlich ein Ende finden.

Im selben Jahr wurde Martin Luther King mit dem Friedensnobelpreis ausgezeichnet. Vier Jahre später, am 4. April 1968, wurde er in Memphis, Tennessee, auf dem Balkon seines Hotels von einem Attentäter erschossen.

Vor Juniors Wohnung steht sein Auto, das – kurz nach dem Abend der Mister-Schweiz-Wahl – sein rechtes Vorderrad verlor. «Wäre ich nicht innerorts, sondern auf der Autobahn unterwegs gewesen, wäre die Sache nicht so glimpflich abgelaufen.» Der Polizist, der sich den Schaden angeschaut hatte, schloss auf Sabotage und empfahl ihm, eine Anzeige gegen unbekannt einzureichen. Junior hat sich dagegen entschieden, auch weil er die Medien nicht auf den Vorfall aufmerksam machen wollte. «Ich möchte mit positiven Meldungen auffallen.» Angst um sein Leben hat er nach diesem Ereignis ebenso wenig wie in der Zeit davor. «Wenn etwas geschehen soll, dann wird es geschehen. Verhindern lässt sich das nicht. Je mehr Angst man hat und je mehr Schwächen man zeigt, desto verletzlicher wird man.»

Kurz nachdem die Radmuttern gelöst worden waren, erhielt er einen Brief. Die bösen Worte will er nicht wiederholen, nur das: «Am Schluss stand die hämische Frage, ob ich – als Schwarzer – tatsächlich davon geträumt hätte, Mister Schweiz werden zu können. Wäre das Schreiben nicht anonym gewesen, hätte ich geantwortet, dass ich sehr wohl gewusst hätte, dass ich die Wahl nicht gewinnen würde, dass ich aber Türen aufgestossen hätte für die, die nach mir kommen, und dass mich dies ebenso glücklich mache, wie mich der Titel hätte glücklich machen können. Und vielleicht hätte ich sogar geschrieben, ich hätte mich nach der Wahl neu verliebt und sei im Moment so glücklich, dass mich auch ein anonymes Schreiben nicht in eine Depression stürzen könne.»

Die Frau, die Junior kurz nach der Wahl kennen lernt, heisst Angela, lebt in der Deutschschweiz, ist drei Jahre jünger als er und studiert Publizistik. Sie hat ihm per E-Mail zu seiner – wie sie fand – sehr mutigen Kandidatur gratuliert. Junior gefiel ihr Stil, zu schreiben, genauso wie das Foto, das sie angehängt hatte. Er schrieb zurück, sie antwortete. Es dauerte nicht lange, da war beiden klar, dass sie sich ein Treffen wünschten. Angela und Junior finden einhellig, sie hätten im anderen das gefunden, was sie in einem zukünftigen Partner zu finden gewünscht haben. Darüber, was aus der noch sehr jungen Liebe wird, machen sich weder er noch sie Gedanken. «Zwischen Verliebtheit und Liebe liegt ein langer Weg. Trotzdem – und das ist ein gutes Zeichen – habe ich es schon gesagt: ‹Na lingi yo.› Ich liebe dich auf Lingala. Ich bin glücklich. Einfach sehr, sehr glücklich.» Carpe diem? «Carpe diem!»

Hat Junior jemals vor Glück geweint? «Bis jetzt nicht, aber ich habe eine schöne Geschichte erzählt bekommen, die sich genau darum dreht und die mich, als ich sie hörte, tatsächlich – beinahe – zu Tränen gerührt hat. Die Mutter eines Freundes von mir fuhr im Auto an einem Jogger vorbei. Kurz davor hatte ein Gewitter eingesetzt, es donnerte und blitzte und regnete wie aus Kübeln. Bis zum nächsten Dorf waren es noch gut fünf Kilometer. Die Frau hielt an, öffnete das Fenster und fragte den Mann, ob er einsteigen wolle. Er wusste offensichtlich nicht, ob sie es ernst meinte oder ob sie – in dem Moment, wo er nicken würde – davonbrausen würde. Er stand einfach im Regen und schaute sie fragend an. Sie wiederholte ihre Frage. Er nickte, nahm – patschnass, wie er war – Platz, sie fuhr an und brachte ihn bis zur Unterkunft für Asylsuchende, die er ihr als Adresse genannt hatte. Beim Adieusagen weinte er, fing sich aber gleich wieder und erklärte, dass ihm eine solch menschliche Geste in der Schweiz noch nie widerfahren sei. Er war schwarz. Sie war weiss.»

Gefühle zu zeigen, sagt Junior, falle ihm nach wie vor unglaublich schwer. «Ich rede jetzt nicht von Gefühlen Angela gegenüber, das gelingt mir gut. Ich rede davon, meine Empfindungen meinen Eltern oder auch meiner Tante Berthe gegenüber zu zeigen. Natürlich können sie es in meinen Augen lesen, dass ich sie liebe, aber ich glaube, dass erst eine Umarmung ihnen diese Liebe auch beweist. Ich möchte lernen, dass mich das Auflösen meiner körperlichen Blockade nicht verletzlich macht, sondern – im Gegenteil – stark. So stark, dass ich eines Tages ein guter Vater sein kann.»

Junior träumt davon, seinen Kindern ein Vater zu sein, der weiss, was er will, der aber auch zeigen kann, was er fühlt. Er möchte mit ihnen lachen, im Gras herumtollen, Fussbälle hin- und herspielen, an den unmöglichsten Orten Ostereier für sie verstecken, sich mit ihnen in den Sand am Meer setzen, um stundenlang Löcher zu buddeln und Burgen zu bauen. «Natürlich habe ich dann auch viel Verantwortung, aber allzu seriös soll mich diese nicht machen. Eltern sagen zu oft ‹Geh in dein Zimmer und spiel› anstelle von: ‹Gehen wir in dein Zimmer, um dort zu spielen.› Ich werde versuchen, mir die Zeit zu nehmen, um meinen Kindern möglichst immer Gehör zu schenken, und ich werde – ich werde ihnen viele kleine Autos kaufen.»

Die Mister-Schweiz-Wahl hat Junior nicht nur eine neue Liebe gebracht, sondern auch einen Vertrag mit dem Musiklabel Urbanseed Records. Es wird nicht nur «Ma Suisse» als Single herausbringen, sondern hat ihn auch schon mit dem Schreiben eines neuen Albums beauftragt. Junior will dafür an einem Stück arbeiten, dem er den Titel «Exemplaire» – «Vorbildlich» geben wird: «Darin werde ich von einer Mutter erzählen, die ihr Kind zurücklassen muss.»

Wunden schmerzen, mit der Zeit verheilen sie, und schliesslich hinterlassen sie Narben.

«Ich will nicht, dass meine Narben mein Leben entstellen. Vergessen kann ich sie nicht. Vergessen würde auch verdrängen bedeuten, und verdrängen würde heissen, dass das, was war, nicht existiert hat. Aber was passiert ist, ist ein Teil meines Lebens, es hat mich geformt und mich die Einsamkeit zähmen lassen. Das Alleinsein hilft mir, mich selber zu finden. Nachzudenken. Zu lernen, wer ich bin. Meine Wünsche und Ziele zu definieren und meine Vergangenheit zu akzeptieren. Allen Iverson, ein amerikanischer Basketballspieler, hat einmal gesagt: ‹Um einem Kind Disziplin zu lehren, muss man sich zuerst selbst diszipliniert haben.›»

Das, was sich Junior am Ende der Wahl am sehnlichsten gewünscht hat, war, dass seine echten Eltern diese hätten miterleben können. «Meine Pflegeeltern sind wunderbar, sie werden – keine Frage – perfekte Grosseltern sein. Nie haben sie mir das Gefühl gegeben, nicht zu ihnen zu gehören. Dass sie ins Tessin gefahren sind, nur um mich am Abend der Wahl zu unterstützen, war ein Liebesbeweis, der mich tief gerührt hat. Trotzdem, an einem Abend wie diesem, in solch speziellen Momenten vermisse ich sie sehr, meine leiblichen Eltern.»

Junior sagt lange nichts mehr, dann, als er wieder zum Sprechen ansetzt, ist seine Stimme, die sonst so kraftvoll und gut verständlich ist, ganz leise.

«Ich hoffe, ich habe noch viel Zeit, Glück zu erleben, damit die guten Momente in meinem Leben die erinnerungswürdigsten sind.»

Er lächelt und meint: «Um seine Träume zu verwirklichen, muss man viel Kraft einsetzen. Und um sie nicht aufzugeben, braucht es immens viel Geduld. Aber für den, der will, für den, der wirklich will, für den – davon bin ich überzeugt – ist nichts unmöglich.»

Mit ihrer ergänzenden Arbeit haben mich unterstützt:

Der Universitätsprofessor Dr. Richard Friedli, der in Fribourg Religionswissenschaften lehrt – Junior war einer seiner Studenten – und der lange als Gymansiallehrer für Philosophie und als Lehrbeauftragter für Entwicklungsethik im Kongo und auch in Ruanda gelebt hat.

Dr. Silvia Schroer, Professorin am Institut für Bibelwissenschaft, Theologische Fakultät der Universität Bern.

Der Leiter der Allergiestation der Dermatologischen Klinik am Universitätsspital Zürich PD Dr. Peter Schmid-Grendelmeier, der als Dermatologe achtzehn Monate lang in Tansania tätig war.

Der Genetiker Dr. Michael Krützen vom Anthropologischen Institut der Universität Zürich.

David Signer, Ethnologe, «Weltwoche»-Redaktor und Verfasser des Buches «Die Ökonomie der Hexerei oder warum es in Afrika keine Wolkenkratzer gibt», erschienen im Jahr 2004 im Peter Hammer Verlag, Wuppertal.

Max Leuzinger, verantwortlich für die Produzentenbetreuung bei der Claro Fair Trade AG.

Thomas Lyssy, Mediensprecher der Aids-Hilfe Schweiz.

Christoph Banderet vom Bundesamt für Migration in Bern.

Mein Dank gehört ihnen ebenso wie Urs Brülisauer von der Mister-Schweiz-Organisation und der Choreografin Grazia Covre sowie dem Journalisten Hugo Stamm, den Ärzten Jörg Obweneger und Tomas Drobny, meinen Erstleserinnen Elke und Lina Baumann, dem Fotografen Ronny Spitzli, der mir seine Bilder überliess, meiner Lektorin Claudia Bislin sowie meiner Korrektorin Andrea Leuthold.

Literaturverzeichnis

Mandela, Nelson: Der lange Weg zur Freiheit. Fischer Taschenbuch Verlag, Frankfurt am Main, November 1997, 10. Auflage.
Geholfen hat auch der Artikel «Das grosse Fressen am See» von Kaspar Meuli, der sich mit Mobutu befasst und am 29. August 1996 im Nachrichtenmagazin «Facts» erschienen ist.

Hilfreich waren zudem folgende Webseiten:
http://www.aids.ch
http://de.wikipedia.org
http://www.zeit.de
http://www.king-zentrum.de
http://www.malcolm-x.org
http://www.misterschweiz.ch
http://www.nelsonmandela.org
http://www.spiegel.de
http://www.unaids.org
http://www.unhcr.org
http://www.unicef.org
http://www.welthungerhilfe.de
http://www.wsws.org

Der Rap «Ma Suisse» kann auf Juniors Homepage, http://www.magisterjr.com, gehört werden.

Alle aufgeführten Internetseiten wurden im August 2006 letztmals besucht.

Der Alleingänger

Gabriella Baumann-von Arx
SOLO
Der Alleingänger Ueli Steck –
Eine Nahaufnahme
Mit Fotos von Robert Bösch

239 Seiten
zahlreiche farbige Abbildungen
15 x 21 cm, gebunden mit Schutzumschlag
ISBN-10: 3-033-00636-1
ISBN-13: 978-3-033-00636-2
www.woerterseh.ch

Dort, wo anderen schon vom blossen Zuschauen schlecht wird, fühlt sich Ueli Steck zu Hause. Dort, wo es für Nichtalpinisten nur ein Abwärts gibt, zieht es ihn nach oben. Ueli Steck ist ein alpiner Zehnkämpfer, der nicht nur am Fels in unseren Alpen, sondern auch im Himalaja Alleingänge und Erstbegehungen macht. Risikomanagement ist für ihn nicht nur ein Modewort, und Reinhold Messner meint zu einem der drei besten Alpinisten Europas: «Auch im Zeitalter des Pistenalpinismus lässt sich das Bergsteigen in seiner klassischen Form neu erfinden. Ueli Steck gehört zu jener Hand voll Leuten, die wissen, wie zeitgemässe Herausforderungen gelöst werden können.»

Der Bestseller

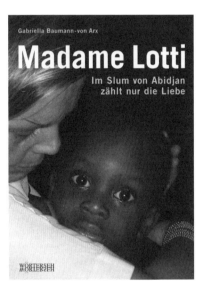

Gabriella Baumann-von Arx
Madame Lotti
Im Slum von Abidjan zählt nur die Liebe

224 Seiten
zahlreiche farbige Abbildungen
15x21 cm, gebunden mit Schutzumschlag
ISBN-10: 3-033-00245-5
ISBN-13: 978-3-033-00245-6
www.woerterseh.ch

Lotti Latrous lernte in Genf ihren späteren Ehemann Aziz kennen und kam durch dessen Arbeit als Nestlé-Direktor nach Abidjan, in die Wirtschaftsmetropole der Elfenbeinküste. Das Elend, das sie, die privilegierte Frau mit Chauffeur, Koch und Swimmingpool, dort antraf, veranlasste Lotti Latrous, in einem Slum Abidjans ein Ambulatorium zu eröffnen. Kaum war dieses eingeweiht, wurde Aziz nach Kairo zurückversetzt. Lotti traf eine Entscheidung, die ihre Ehe und die Familie zwar hart traf, beides aber nicht zerbrechen liess – sie blieb. In diesem zweiten Buch über die Schweizerin des Jahres 2005 kommt auch Aziz Latrous, den die Autorin in Kairo besuchte, zu Wort.